松井左千彦　作

酔いどれ天使の遺書

港の人

酔いどれ天使の遺書

——幸《さいわ》いなるかな、悲しむ者は

奇蹟が起らないかぎり、数か月先には、癌のために死ぬことになる。

わたしがわたしの永遠の死と対面するまえに、わたしの意識が混濁し、死の深秘《じんぴ》の恍惚《こうこつ》に溺れるまえに、わたしの魂に明滅しつづけた心象《しんしょう》の数々を、これから書き留めてみようと思う。

わたしのなかにいつもあったどうしようもない悲しみや、この世界を金いろの巨鳥のように飛翔しつづける永遠の命への祈りや、わたしの魂が感受したかぎりない存在の讃歌について、できれば人類の時間に刻みつけられた旧約聖書の詩句のように、或いは青い透明な悦びと悲しみの音楽を奏でるように、コトバへの祈りとともにそれらを表現してみようと思う。

ああ、それにしても愛《いと》しい愛しいこの命の残り時間はもう僅かにしか残されていない。わたしという数々の神秘の酒に酔い痴れた酔いどれ天使の舞踏会はもうすぐ終わってしまう。わたしというただ一度きりしか聴かれなかった雑音の入り混じったレコードはもうすぐその旋律を永久に止めてしまう。

わたしという存在は、崇高《すうこう》と、悲惨《ひさん》と、豊饒《ほうじょう》に、燦爛《さんらん》とするこの世界に、永訣《えいけつ》する。

I

わたしはまず、この世界の美に恍惚するピアニストが感興の声とともに即興曲を奏でるように、わたしとともにあった不可思議な何かについて、告白する。

それらはわたしのこころのなかに生まれながらにしてあるものであった。否、もう少し実感を込めて言うならばわたしの魂のもっとも奥にわたしという命の誕生の瞬間からすでに充ち満ちてあるものであった。それらは不可思議な存在の舞踏する音楽のようなものであり、不可思議な存在の描かれた一枚の絵のようなものでもあり、不可思議な存在の闇より囁かれる妖艶な詩のようなものであった。しかしそれらは科学といわれる事物をかぎりなく細分化し分析しつづけなければならない方法ではどうしても知ることのできないもの、或いは不滅の数学の方程式からはどうしても導き出すことのできないものであった。しかもそれらは皮肉にもありとあらゆる人々、否、もっといえば動物や植物さえも、もしかしたら幾億年も無限に深く透明な青を湛えなければならない小さな瑠璃《るり》さえも、同様に持ち合わせている不可思議な何かであるのだった。

それらは生きとし生けるものが遥か遠い過去の時から綿々と受け継いでいる青い焔のようなものなのかもしれないし、或いは時間を超越している朽ちることのない美のようなものかもしれないし、或いはここにあることへの深い祈りの響《ひびき》のようなものかもしれないのだった。しかしこの青い焔や不朽の美や祈りの響は永遠不滅にこの世界の深奥を神秘に明滅しながら流れているのであり、泥となり沈殿することも腐爛した水となり悪臭を放つこともないのであった。しかし時としてわたしの内部で狂おしいほど官能的に艶やかに発光し永劫の夜の闇に独り震えている魂をそれらのおびただしい光の洪水が持ち去ってしまうのであった。それらはあまりに圧倒的に美しいゆえに金色《こんじき》の忘我の時がやって来るのであった。呆《ほう》けた聖痴愚のように恍惚の時がやって来るのであった。その刹那、わたしは完全な幸いであった。その刹那、わたしは完全な命であった。わたしの全身の細胞は一瞬にして快楽のダンスを踊ったのであった。ああ、その刹那、わたしと世界は崇高な交合の歌を高らかに歌っているのであった。その刹那、震える魂はあの生命の絶頂のエクスタシーに満ち溢れたのであった。その刹那、わたしは燦然と輝きこの世界と一つとなり存在していたのであった！……………

○

かつてわたしの執着した数少ないものの一つに、それは溺愛と言っていいものの一つに、何色かの色彩の濃淡によって繊細に塗り分けられた地図帳があった。誰に影響されたわけでもなく、誰に教わったわけでもない、禁じられた遊びという蠱惑的なものでもなく、不可解な魂の行為というしかない。小学校三年の時から近所の友達と夕暮れに遊び終え四人家族での貧しい晩餐も終えた時刻には勉強に向かうのではなく、学校で配布された数色の日本地図に目を凝らし丹念に山脈の襞や奥深い湾の細部まで見はじめた。それをしばらく見ているだけでその土地の風景が青白い意識の世界に浮んでくるような気分に浸るのであった。その土地を囲んでいるたおやかな青い山々の光景に、橅の森に沈む金色の落陽の光景に、その土地を流れる銀色に煌く清浄な川の光景に、その奥深い湾の港に帰って来るさわがしく大漁旗を掲げた白い漁船の群れの光景に、それらが幻覚であると知りながら幾たび感興の声を上げたことであろう。わたしの小さな脳髄のなま暖かな襞の中に、褶曲する山脈や複雑な入江や北方の湿原を蛇行する清浄な川や穏やかな盆地の記述されている日本中の地図が、わたしの無意識が創り上げた幻影に曳航《えいこう》され、残照を浴びせられ、琥珀色に記憶された。

　しかしいかなる遊戯にも飽きが生じてしまう。細部を丹念に想像しつづけた結果目のまえにある一冊の地図帳から新たな幻想は立ち上らなくなり、わたしはそれを見ることを止めることにした。その頃にはすでに現象世界を旅することへの強烈な憧憬がはじまっていたが、子供である身にはそれもかなわない。近所の少年たちとの剣戟ごっこや、岬の海辺で裸足の戯れの時を終えたのち、わたしはひとり沈黙し、潮の轟きの声に誘発され、海の彼方にある世界を、もうすぐ夜に沈む海の向うにある新世界を夢見るようになった。そんな日々に、テレビで放映されていた「すばらしい世界旅行」という番組を毎週食い入るように見はじめた。そこには怪異な文様を顔に書きつけ弓矢を放ち激しい裸踊りに熱狂する土人といわれる未開の人々の映像が幾たびも登場し、想像もできない高い山々を約束の地をめざし鳥たちが越えて行く光景や、数十万頭のカリブーが極北の大地を歓喜に満ち地響をたて走り去る光景や、ジャングルの樹液が溶け込み黒光りする大河に跳躍する大魚の光景が映し出されたのであった。少年に芽生えたばかりの人間の精神はそれらの放つ壮麗・豊饒な存在の美に完全に惹きつけられた。世界を旅することが無理なら世界を記述した地図をどうしても見たい。こんどは世界中を幻想し、旅してみたい。わたしは貧しい漁師であった父にせがみ色とりどりに塗り分けられたどっしりと重く美しい高価な世界地図を買ってもらった。その地図は掘立小屋のような我が家に、場違いな、高貴な光を放っていた。わたしは狂喜した。それから毎夜、我が家のある岬の村に暗黒と銀河の饗宴の訪れた時も、嵐に空と海が叫喚する時も、我を忘れ、世界地図の旅に時を費やすようになった。わたしは世界地図の中に封印されている、新世界交響楽の扉を「永劫」といわれる夜々に明けひらいていった。それらは愚かに美しい、時の濫費《らんぴ》、であった。新世界はわたしの魂の交響楽のうちに何らの憂愁もみせず金色にその姿態をひらいていった……………

ああ、神秘和音のように、月の光のふりそそがれる、幻想の青白い霧の夜であった。

わたしはひとりチベットの奥地に天に突き刺すように白く聳え立つ神の山の頂きに立っていた。幻想の中では東雲《しののめ》の時に、そう、茜色に染まりはじめる黎明の時に絶頂に立っていた。そして大きな期待とともに東南の方向へいまだ無垢の顔を向けたのであった。その刹那であった。ハイヤッーという声のような一瞬の閃光とともに日の光は地平線に連なるヒマラヤの崇高な峰々を黄金に燦《かがや》かせ、次の瞬間にはこの世界に充ち満ちたのであった。大地の夜明けであった。世界の夜明けであった。日の光はこの世界のすべてに金いろの水のように流れ込みすみずみに流れ込みすべてと諧和したのであった。この崇高の山に五体投地の礼を尽くすチベットの人々に対してわたしという少年がその頂きに我が身を乗せたことは、死に値する瀆神であったかもしれないが、それにしてもあの絶頂から見た光景はあまりに美しかった。わたしはこの世界の頂きに立ち、この世界の発しているあの讃歌を、崇高と豊饒の歓びに充ちたあの讃歌を、確かに聴いていたのであった。天使のように全世界をつつみこむ巨大な音楽に酔い痴れていたのであった。

そして金いろに侵されてゆく陶酔のうちに、ふと、頭上の空を見上げた、そう、運命の絶対の計らいのごとく、ふと、見上げたのであった。わたしの身が吸い込まれ、上下の感覚を見失い天に逆さまに落下してゆく恐怖を瞬時に覚えながらこの世界の真の深淵である空を見たのであった。そこにはかぎりなく黒に近い青があった。あの闇は虚無であった。あの闇は確かに無限というものであった。この時、わたしがここに在るということに眩暈《めまい》を覚えたのであった。わたしという「神秘」に悲しくも覚醒したのであった。

ああ、ここに在るというどうしようもない深淵にかぎりなく沈んでゆく、そこにはかぎりない闇がある、わたしは汚れちまった悲しみの詩人のように無限のまえに腕を振る、沈黙のままに、永劫の暗黒のまえに立つように、無量の存在の悲しみのまえに立つように。ああ、わたしは虫の悲しみを知りたい、人間に踏みつぶされ、鳥獣に喰われ、洪水に浚われ、自然の讃歌のように死んでしまうかれらの悲しみを知りたい、かれらもわたしもこの宇宙にともにあるのだから……そして、わたしは虫の悲しみも、動物の悲しみも、植物の悲しみも、いつか死が来ることを知ってしまった人間の悲しみも、もしかしたら赤く燃えつづけるしかない貝の火の悲しみさえも、澄明に、羽搏《はばた》くように、思惟《しゆい》していた、もう一人の詩人、崇高の青を耀《かがや》かな魂に愛したあの天才詩人の不滅の詩に触発され、それに似せ、稚拙な、わたしの存在の詩《うた》を表白する。

わたしという命の現象は
燃え立つ青白い燐光であった
わたしは暗黒の虚無のほとりで
永劫の闇のほとりで
何処にも見ることはなく誰であることもない
大きな大きな透明な意志のなかに
悲しく燃える青白い燐光であった
永劫と須臾《しゅゆ》が一つであるように

闇と光が一つであるように
生と死はほんとうは一つであった
わたしは「永遠」のかけらを手にし
呆け
ただひとり金色《こんじき》に愉楽《ゆらく》した

ああ、わたしという命の現象は宇宙の無限の深み
すべての記憶
すべての時間
すべての何か

○

わたしは今、死のほとりの街にいる、「絶望の街」にいる。人間たちの吐き出す泥によって汚穢《おわい》され悪臭する水に海のゆたかな水が流れ込み混じり合う、罅割《ひびわ》れた運河

の街にいる。昼間から酒を浴びるしかない肉体と精神の腐れかかっている男が銀色の雨の中をふらふらと何処かへ歩いてゆく。やがて雨は激しく地面をたたき、それ自身の命を燦爛と耀かせしぶきをあげる。ピカッと稲妻が地上に一閃し、街を一瞬紫に映し走ってゆく。わたしは廃墟となったビルの玄関であった場処に立ちこれらの情景をぽつんとひとり見ている、茫漠とした久遠の淋しみのうちにひとり見ている。

あれはまだわたしが三十前だったと思うが、東京都心の赤坂見附という繁華街の場末にある孤独者たちが集う安酒場で偶然隣り合い一度だけ飲んだ、簡易宿泊所の建ち並ぶ貧民街にある経営難のホスピスに勤める独り身の女の言ったコトバを思い出している。文学好きのあの女は太宰治の「人間失格」が一番好きだと言っていた。なぜ好きかと聞くとあの破滅するしかなかった彼は眠られぬ夜にわたしひとりに静かに語りかけてくれ、わたしは口説かれそうになるのだからと言っていた。酒と女と文学に溺れ人間失格者となった彼がわたしだけを見つめてくれるのだと言っていた。破滅者であっても女は自分だけを見つめてくれる男に愛されたいと言った。わたしは人間失格者となる十字架を背負った危うい男に女の母性が惹きつけられるのだろうと言った。そんなとりとめのない終電間近い深夜の酒席での男と女の交わりあいのうちに、ふっと、碑文的な響《ひびき》のある、あのコトバを漏らしたのだった。

「人は、死を受け入れることが、本当に、あるのでしょうか」

女は最後は何の尊厳も認められなかった貧しい人間たちの終わりを見過ぎるほど見たはずなのに。かれらは辛い生の終わることを欲しなかったのだろうか。人間は残酷な拷問でも受けないかぎりは死を欲しないのだろうか。女はわたしが人生に背負うことになった最大の命題を、あまりに人間的な命題を、「人間失格」を語りながら思い出させたのだった。

女はしょうもない酔いどれであった。少し酒乱ぎみの、孤独な、酔いどれ天使であった。

わたしは、まだ、この世界に、生きていたい。

わたしは今、横浜の一隅にある、人間社会の落伍者となり、最貧者となった人々により自嘲《じちょう》の嗤《わら》いとともに命名された「絶望の街」のホスピスに住んでいる。末期癌であるがまだホスピスの周りだけはなんとかひとりでも歩くことができる。わたしはこのごろ小さな生き物を見つめていることが多い。それは蟻であったり、ダンゴムシであったり、その他の瑣細な虫けらたちであったり、或いは罅割れたコンクリートから生え出た一本の草であったりする。殊に最近は物言わぬ一本の草が好きになっている。無言のそれをみつめているとかぎりなく尊いものに思えるからである。しかしわたしは今、極く小さい蟻を見つめている。おそらくこの蟻は十分の一グラムにも満たないであろう。そうするとわたしはかれから見たらば数十万倍大きな巨人ということになる。かれから見たらばわたしは「神」ということになる。そうだ、わたしは今、神となりかれを上から見ている。

遥か以前、わたしは部屋の中を歩きまわる蟻たちを一匹一匹指で潰したことがある。我が物顔に這いまわるかれらがひどく目ざわりであったからである。いつもはそんなことのできない小心者であったのだが、貧乏にやけになっていたわたしはかれらの断末魔の叫びを聴きたいという異常に残酷な心理に駆られつぎつぎと殺していった。しかしどんなに耳を澄ましてもかれらの悶え苦しむ声は聴こえてこなかった。残虐な暴れ神のわたしは次にかれらの苦悶の表情を見てみたいと思い虫眼鏡で破れた畳の縁を歩いていた一匹を捕まえ、かれの腹を指で潰し、かれの悶え苦しむ姿を凝視した。そしてわたしは見たのだった。はたしてかれはこのわたしを見つめ地獄の苦しみに喘ぎ、こと切れたのだった。その出来事以来、わたしはかれらを故意に殺すことはしていない。

我儘な希《ねが》いであると承知している。わたしはやっぱり、この世界に生きていたい。もうしばらく生きていたい。かなうなら、もっともっと生きていたい……。

ああ、もう、激しい雨は止むのだろうか。

いつか写真で見たアウシュヴィッツに収容されていた者のように痩せ細ってしまったわたしが誰もいなくなった廃墟のビルの玄関であった場処に立ち、雨を眺めている。目のまえの木造の廃屋を腐らせる雨が降っている、絶望の街は濛々と雨に煙っている、潰れかかった民家の屋根にはペンペン草が生え放題だ、こんな感じにわたしも死体にペンペン草を生やしゆっくりと腐っていけるのならいいのだが。

神秘的な感覚というわけではないのだが、大空よりふりそそがれる雨には光りと同様に「永遠」を想像させる何かがあるように感じている、そのような感覚をものごころつくまえよりなんとなくもちつづけている、しかしいつか燃え尽きるしかないこのわたしの命はもうすぐ燃え尽きてしまうと非人情な医者より宣告されている。

銀色の雨は、もう幾度、見られるのだろうか。もしもこれが人生の見おさめであるなら、わたしは両手をひろげ、あなたにうたれたい。わたしが人間失格を愛するしかなかった女とともにその酒場の隣席にいた売れないピアニストのもう一人の美しい酔いどれ天使を抱き愛したように、あなたを愛したい。わたしの全身を、あなたで濡らしながら。

……そうして、雷鳴と驟雨は去ってゆく、自然という事象の交響楽が遠のき鳴り止む、激しい雨が止んでゆく、ああ、わたしの生涯の見おさめの雷雨がもうわたしを去ってゆく…………

……ああ、ああ、こんどはおおきな虹が絶望の街の空の上に架かった！　天上と地上の合歓のように忽ち虹が架かった。

もっと、虹を、見ていたい！

わたしがかつて美しい女を抱き愛したその黄金の時刻《とき》！　この全世界とわたしが完全な一つになったように、おおきな七色の虹がこの地上を、この絶望の街を、円《まど》につつんでゆく……。

世界よ、
豊饒という世界よ、
できるなら、
もっと、生きていたい、
もっと、もっと、生きていたい、
あなたに何をささげればいいのですか、
あなたに永遠のかけらをささげればいいのですか、
あなたにわたしの音楽をささげればいいのですか、
コトバというわたしの魂の音楽をささげればいいのですか。
……しかし、世界よ、
あなたはもう、わたしの死を、決めてしまわれたのですね。

○

記憶に残っている、初めての感動について、記そうと思う。

わたしがまだ様々の貝の名前も知らず、様々の草や、様々の花の名前も知らず、様々の星や様々の星座の名前も知らず、それらの者たちを、コトバもあまり知らぬ少し知的に障碍のあった、神秘的な感情を堪える玻璃とも表現し得る深い澄明な眼差しをもった母から、一つ一つ指し示し教えられるままに、カイ、とか、クサ、とか、ハナ、とか、ホシ、としか、認識していなかった頃、わたしがまだ、貝や、魚や、草や、花や、虫や、木や、雲や、星の本然から響いて来る、交響楽的な、微量の音楽しか感受していなかった頃、一条の鮮烈な黄金の光が心象の朧な白霧の世界に射し込んだのであった。

岬近くの漣《さざなみ》の砂浜に無数に散らばっている貝の死骸の悠久の時の造形した見厭きることのない一つ一つの曲線や、路傍に繁茂する陽を浴び風に揺れる名前を知らない草々の群れなす深遠な輝きや、静かな秋の日にコスモスの丈高い花の茎を這い登る七星天道虫の気高くそして精妙に飾られた七つの黒の斑点や、半島の低い山々に冬から春への変化とともに湧き上がる幾億兆の葉の壮麗な芽生えを、幾つかのコトバを獲得するまえよりすでに阿呆のように溺愛していた自分に気づいたのだった。ときにわたしは非常に繊細微妙に構成されたピアニシモの生命の音楽に耳を澄まし、ときに馬鹿のように目を瞠り、ハァハァ息をし、慎重にそれらの美を愛でながら群青《ぐんじょう》の海と緑したたる半島に色分けられた岬への道を歩いていた。わたしは眼前に湧出するものたちの美と音楽に塗《まみ》れていたのだった。七星天道虫はその模様に何の意味があるのか進化論的な合理的な理由づけの不可能な神的に単純な美であり、砂浜に散乱する貝殻に渦巻く文様は眩暈《めまい》を覚えるような遥かな生命の旅路のなし得た記念であり、幾億兆の葉の芽生えは現象世界に充ち溢れる壮大な時間の讃歌であった。雨上がりに銀に煌く路傍の草々の波は幾億年も繰り返す美の情景であった。わたしはこれら生命の美を幼児が最初のコトバを発見するように唐突に感受したのである。そして美の認識とともに自然発生的に「愛」という不可解なもの、それにつづく「死」という不可解なものを、天上から厚い雲間を透し地上に荘厳に射し込む宇宙の深秘の一条を観るように、認識してしまったのである。

いまとなれば躊躇《ためら》いなく闡明《せんめい》することができる。

すべての美の底には、冷澄の死が、横たわっていると
すべての愛の底には、冷澄の死が、横たわっていると

それは厳粛な真理としてある。少年時代のわたしを取り巻く暁闇の先には、結局はいつも「死」が燦爛としていたように幾度想い返しても思われるのである。

はたして少年が死を感じることは、狂的なことであろうか。そうではないと思っている。少年が無意味な小さな遊戯に没頭するうちに、その先に隠されている偉大な何かを予感するように、死は予感されるのである。

もしも死というものがこの世界に在ることの一つの形態であるのなら、いや、それはまぎれもなく世界に在ることの一つの形態であるのだが、死はかぎりなく透明な状態であるとともにかぎりない悲しみであるのであり、同時にそれはかぎりない世界の悦びである、というある種の超越的な、宗教的な、死という讃歌を、時として感じていたのではなかったか、そう、確かに、わたしは少年時、否、幼少時より、わたし自

身の死や、すべてのものの死を、すべてのものはいつの日か必然に滅ぶという真理のことわりを、象徴的に言うならば輝ける闇のような何かとして、無意識のうちに、感じていたように思われる。

ところで植物の花はどうしてあれほどまでに未完ではなく完全に美しく咲くのだろうか。みずから移動し愛し合うことのできない、同じ場所で陽を浴び雨に濡れ風に揺れるしかない、世界の旅人となれない植物が、その種の保存のために昆虫をその花の美によっておびき寄せ、その昆虫が小さな翼で陽に輝く虚空を慾望のままに飛翔し別の花に移ることで受粉というセックスに導くために必要であるから植物の花は美しく咲くという。しかし科学的真理と言われているこの説は本当に正しいのだろうか。われわれは地上に艶やかにゆらめいている花々を視覚に認識した際かのじょらにそんな無意識の奸智があると本当に思えるのだろうか。これはかのじょらが幾億年もかけ到達してしまった種という全的な命を存続させるための奇蹟の奸智なのか。ではなぜ死者たちの眠る墓地に群れ咲くあの真紅の彼岸花は、授粉という耀かな行為を必要としない生命なのに、永劫に巡り来る秋の日に美しく咲くのだろうか。かのじょはまるでこの地球のこの時刻《とき》しか愛さないと、宣言するかのように。

わたしは、思う。

彼岸花は美しく咲きたいから美しく咲く、ただ、それだけなのである。誰のためでもなくただ自身に満ち溢れる全身的官能の悦びのために、その宇宙的命の悦びのために、静謐に燃えるように永劫の時の中に咲く、ただ、それだけが彼岸花の真実なのである。わたしは秋の澄んだ日に墓地やあぜ道に群れ咲いている彼岸花に、「永遠の命」の鳴り止まぬ官能の音楽の響を感じてしまうのである。わたしはかのじょらに眩暈してしまうのである。植物は美しく咲きたいから美しく咲く、それは植物が植物となって生成した始源の時から無意識の透明な結晶体のようにもちつづけている意志であると秘かに信じているのである。では人間の花は、あの「女」という人間の花はどうなのであろうか。女は男を誘惑し子を産むためだけに美しくなるのだろうか。

もう死にかけている、この酔いどれ男は、思いつづけている。

生命は植物であれ、動物であれ、人間であれ、それに死があるゆえにすべて自己自身の美を志向すると、それが自然という愛の息吹《いぶき》であると、美の根本は、「死」にある、と。

もしかしたら、美とは、死から、生まれるのかもしれない。

II

これから小学校五年時の晩秋に出現した「霊夢」を、記そうと思う。できればあの夢幻の物語を、碑文として明記するように。いまでは後年の妄想や錯乱のかけらもわたし自身の記憶の混乱によって入り乱れている、あの闇と光の旅路について。

寒村とよぶしかない我が故郷の部落には樹齢千年を優に超える一本の銀杏の巨樹が

あった。そこは海神を祀る古からつづく神社の境内であり、二年に一度、海の男どもの豪壮な火祭りの舞台となるほかは、ひっそりと静まりかえっていた。樹もそれがあまりに年輪を重ねすぎると神人の風韻さえ漂う。この樹もいつの時代からか村人の尊崇の対象となり「聖老樹」という名で呼ばれるようになった。神社の境内とはある種清らかに沈静した浄福を感じさせるものだが、聖老樹が常にそこにあり、時の不滅の流れに立っていることでその境内は神の絢爛さえ感じさせた。

深秋のある日の夕映へ近い、地上の世界があのファン・ゴッホの描いたような、星月夜の狂おしく輝かしい夜に、傾きはじめた時刻《とき》の出来事であった。

わたしはその午後、近所に住む知恵遅れの少年であったきっちゃんに、「セイロウジュみにいこう」と誘われ境内に来ていた。二人は大陸から寒気団の襲来による雪の日々が来るまえに可能なかぎり聖老樹を見たい、そのもとで遊んでいたいと思っていた。われわれは幾度も純色の黄葉に輝く、極めてグロテスクな幹をもつ、聖老樹を仰ぎ見た。われわれは少年ながら、ああ、美しいと溜息をついていたのだった。

「きっちゃん、セイロウジュはふしぎな木だ。すいこまれそうだ」

きっちゃんがうなずいていた。生命はすべて美を孕んでいる。残酷なほどの醜《しゅう》はすべて極限の美を孕んでいる。美の極点に到達した聖老樹はその全身から幾百万の金いろの落ち葉を荘厳な舞いのように幾日もかけ散らしていた。おそろしいほどに無意識の豪奢。おそろしいほどに永い暗黒の時間から生まれ出た豪奢。われわれは眼前に現出している燦燦とする光景に陶酔していった。そして不思議な出来事は起ったのだった。色白な丸い顔をした知恵遅れのきっちゃんが何かの歌を歌いながら聖老樹の周りを遠まきに巡りはじめたのだった。「遠き山に陽は落ちて……」という学校で習ったドヴォルザークの新世界交響曲の有名な歌を歌っているようであった。きっちゃんにつられわたしもあとに従い巡りはじめたのだった。御神体の周りを舞踏し巡るようにわれわれは不思議の祈りの要求に導かれ、「遠き山に」の歌とともに巡りはじめたのだった。すでに共同幻想に入っていたのだろう。巡るうちにこんどはわれわれの歌に返礼するかのように鼓膜にこの老樹の深淵から昔の手鞠唄のような澄んだ唄の声が幽かに聴こえて来た。するといつのまにか百年もまえの着物の少女たちが幹の周りで遊んでいる。懐かしかった。もっと彼女らの唄を聴きたい。われわれは聖老樹の樹の下で豪奢な饗宴に入ってゆく、われわれは憑かれた者となり踊り巡ってゆく。世界は闇に輝く夜に沈みつつあった。又あの「永遠」が目覚めつつあった。時の酒が溢れつつあった。手鞠唄とともに自然という神秘の性が少年と合歓してしまわれたのか、それとも少年の行為が神秘の膣にインサートしてしまったのか、真実は渾然となっていて定かでない。きっちゃんはいつのまにか老樹にいだかれるように深い恍惚の表情のまま根方で眠っている。わたしはひとり巡るうちに初めての性のエクスタシーのように全世界と一つとなっていった、歓喜に全身が叫び、絶頂で意識がパーンと破裂し、喪神していった…………………………………………………………………………

…………………そうして須臾《しゅゆ》とも永劫ともいえる時がたった、わたしのうちにひろがる計測不能な無意識の宇宙では、無限に、生と、死は、燦《かがや》きわたり、途切れ無く繋がってゆく、まるで燦きわたる全存在の法悦の交響楽のように、神の恍惚の巨大な円環のように…………………………………………………………………………

……………………ふと澄み渡るその深層無意識の広大な世界に目覚めたわたしはひとり一筋のまっすぐな道を歩いているであった、それは落日の光明に照らされた何処までもつづく一本の道であった、道の両側にはミモザやスズランやヒマワリやリンドウやバラやヤマユリや菊花《きっか》や熱帯雨林の青い蝶のようなブーゲンビリヤまでも仄かにゆれながらそれら自身の気品とともに乱れるままに咲いている、ここは夢幻の国であろうかそれとも真理の国であろうか、薔薇や山百合らは男たちの脳を狂わす根源的な性の官能をともなう匂いを放っている、それらはそれら自身の放つ匂いによってまぎれもなく女であるのだった、少年に性の官能が鮮烈に鼻をついた、それまで塗れたことのない蠱惑的な匂いにつつまれていた花々のそれぞれの乱れが破調した不可思議の音楽にも感じられる、わたしは本来の季節を喪失してしまった不可思議の風景の道を何かに逢うためにたんたんと歩いてゆく、生命とおぼしきものどもが時間の宴の中でスローモーションにつぎつぎに発生し秩序し眩耀《げんよう》しやがて腐乱し皆死んでゆく、この道の世界は妖しく静かに狂乱している……………………………………………………………………………………………気がつくとわたしはわたしがいまここにあるという意識に幽かに震えながら夕陽を受け美しく照り輝く国に向かって一筋の道を独り歩いているのであった。何も寂しくはなかった。

夕映えの国へ向かう道の先からつぎつぎに懐かしい人々がやって来た。

いまだ小学生までの僅かな時間しか生きておらず、僅かな記憶しか有しておらず、近親の死という事象を経験したことのないわたしにとって、懐かしい人とはまだいない筈であるのだが、どうしても懐かしく感じてしまう遥か以前に親しくしていたような人々が、夕映えの国の向うから笑みを浮かべやって来ては無言のままにわたしの横を通過してゆく。かれらは魂の旅人であるのかもしれない。わたしは懐かしいという感情の迸りに突き動かされかれらに声をかけようとするが、声は出ない。

こんどは兵隊の一群が隊列をなしやって来た。いつか映画で観た情景のようにかれらはやって来た。

かれらは皆行軍に疲れきっていたが馬に乗った冷酷な上官の命令に従わなければならず　ザッザッザッ　と重い軍靴の規則的な響を立てながら夕照の道の先から歩いて来た。かれらはすでに表情を失い皆同じ顔となり、それは眼窩が窪み蒼白となった死人の顔をし歩いて来た。するとわたしの横を兵隊たちが通り過ぎる時、最後尾を足を引きずり歩いていたいまだ生者の表情の失われていない若い兵隊がわたしに言った。「おい、キミ。その腰にある水筒の水を飲ませてくれ」彼のコトバがわたしに銀色に反響する。わたしは水筒などもって来ていないことを知りつつ腰にさわると冷たい水の汗の噴き出た水筒が手に触れた。銀色の水筒であった。わたしはこの奇蹟にうれしくなった。わたしが滴の落ちる水筒をその男に差し出すと、若い男は生き返った表情となり満面に笑みを浮かべその冷たい水をゴクゴクと飲み干したのであった。わたしが後にして来た正午へつづく道はすでに白い濃霧の中に消え何も見えない。わたしは若い兵隊に話しかけた。こんどは声が出た。

「あなたたちはどこへ行こうとしているのですか？」

「俺たちはこうやっていつまでも歩いているしかないらしいのだ。道がどこに通じているのかそんなことは知らない。俺はここの新入りだからうしろについて行くだけだ。俺たちは死んだり生きたりしながらどこまでも歩いて行くしかないらしいのだ」

「死んだり生きたりするんですか？」

「そうらしいのだ、歩くことの旅に終わりはないらしいのだ、重い旅に終わりはないらしいのだ」

わたしは彼のコトバにやり場のない悲しみを覚えたのだった。しかし兵隊たちはすでに濃霧に中に　ザッザッザッ　という跫音だけを響かせ消えてしまっていた。

わたしは白夜のようにいつまでも夕照のつづく道を歩いていた。不思議なことにわたしの後方は白い霧に没し、わたしの前方は巨大な落日を浴び照り輝いている。道の両脇にはあいかわらず静かに狂乱する花々が斜陽を受けそれぞれの意志をもってゆれている。

こんどは歌うような叫ぶような泣き声をたてながら、大きな男が夕映えの国の奥から　ドシドシドシ　と響を立て走って来た。男は角ばった頭をもった頑丈な大男であるにもかかわらず大粒の涙を流し「この世界が滅亡する！」と口走りながら走り去った。彼はピカソの描く絵画から抜け出たように古代的にシンプルな容姿をした男であった。彼は重い旅路を永久に叫び、泣き、走ってゆくのであろうか。

しばらくの時がたった。

生肉の焼け爛れる臭いとともに黒い人群れが前方に見えた。

あの走り去った大きな男の予言どおり死に瀕した人々の群れが道の彼方からぞくぞくと歩いて来た。ああ、これはいつか何処かで見た光景であった。それはヒロシマに原子爆弾が投下されたあとの光景であった。あの巨大な閃光が地上を走ったあとの酸鼻であった。焼け爛れた躰を引きずり男も女も老人も子どもも生きていること自体が不思議な姿で歩いて来た。全身にガラスの破片が突きささった人間もいた。ずるむけの皮膚を全身から垂らし裸体で歩く人間もいた。かれらは水をくれ水をくれと口ぐちに訴えていたがわたしの奇蹟の水筒はもう空っぽなのだ。わたしは人類史の凄惨の極みとされる光景に動くことも声を出すことも泣くこともできず道の脇に立ちつくした。かれらは地獄をさ迷う亡者のように正午の国の方向へ向かっていった。あの道の霧の果てには誰か救い主がいるのだろうか、巨大な十字架が天上に突き立ち燦然と輝いているのであろうか、天使たちの澄明な讃美歌が全天に響き渡るように歌われ爛れたかれらの全身を癒す慈雨が降っているのであろうか、それとも正午の国にはインドのガンガーのような黄濁の大河が流れているだろうか、タゴールの謳うバータラの岸辺があるのだろうか、焼け爛れたかれらの全身と魂をその大河が癒し、死に逝く者はその大河の聖なる水に浚われやがて腐爛し、永劫の海へ還ってゆくのであろうか、その海はやはり乳の海なのであろうか。

惨《むご》たらしい黒い人群れの過ぎたあとにふらふらと又道を先に進んだ。わたしはすべてを見るために歩いた。すると人類の遺産となったあの「原爆ドーム」が見えて来た。ドームは原爆の爆発の時からすでにかなりの時間がたっているようだ。すでに何か人格的なものさえその身から漂わせている。不思議なことにここは夕映えの国である筈なのにドームだけが閃々《せんせん》とする苛烈な夏の光の中に静かに立っている。原爆ドームは最初から原爆ドームでしかなかったように静かに立っている。ドームの周囲にはあの悲劇の人類史の極点が無慈悲に爆発した瞬間と同じままに崩壊した壁の残骸が散乱しているのだが、あの瞬間と違うのは全員即死した人々の男女の区別さえとどめない死骸だけが無いのである。

わたしは仰ぐようにドームを見た。わたしの小さな双眸からどうしようもなく涙が流れ落ちたのだった。なぜかはわからないのだが涙がとどまることなく流れ落ちたのだった。かのじょは人類の残虐の所業の象徴であり、しかし時の流れるうちにその破片にさえ触れることもできない人類の「犠牲」の象徴となり、いつしか「崇高」と呼ばれる者に変貌していた。あのガリラヤの大工の息子イエス・キリストが十字架上の残酷の死から、いつしか崇高な「救い主」に変貌したように、かのじょは残骸を曝し人類のマザーとなった…………。

…………ああ、わたしの夢幻の物語に青年時代が混入してくる、ベトナム戦争が終った時代のジョン・レノンの歌が聴こえる、彼の謳う「マザー」の叫びや、「イマジン」や「ラブ」の不滅の歌がピアノの音とともに遠くから聴こえる、若者らが熱唱している、ジョン・レノンの「戦争は終った」を熱唱している、「ライ麦畑でつかまえて」を愛読していた二十五歳の狂った青年に射殺されてしまったジョンを讃えている、彼もイエスと同様、悲劇の聖痴愚であった、そうだ、彼は天国も地獄もないとイマジンで歌ったが、彼は死にながら「救い主」になろうとしている、みずから「崇高」になろうとしている…………。

…………ああ、又幻想の少年時代が時の黄金の瀑布のなかから顕現する、少年のわたしのまえに不滅の原爆ドームが立っている、人類のマザーのように立っている、永遠の夏の光の中に立っている…………。

…………しかし、なぜであろうか、絶対の悲劇が、絶対の崇高となるのは、必ず無量の死が必要なのであろうか、あのアウシュヴィッツがそうであったように、この原爆のヒロシマがそうであったように、無量の犠牲が必要なのであろうか…………。

……………しかし、しかし、なぜであろうか、原爆ドームと名づけられたかのじょの周囲に静かに狂乱し咲いている、このミモザやスズランやヒマワリやリンドウやバラややヤマユリや菊花や熱帯雨林の青い蝶のようなブーゲンビリヤの花々はいったい何のためにゆらゆらとゆれながら咲いているのであろう、生命とは永久にゆれつづけることなのか、花々はますます生気に充ち官能に輝いているように思えるのだが、何処か熱帯の国の人の書いた本で読んだような気がする、香水をつけた美しい裸の女の全身に青色や金いろや色とりどりの蝶の群れが纏いつき、香水の匂いに浸された汗と女の花芯の蜜をそれらの蝶の群れが吸い尽くし包み込み、女の魂を蕩かし天に昇天させるように、この花たちにいつしか真実の蝶の群れの纏いつくことはあるのだろうか。

人々の群れが通り過ぎたあと金いろに染まるこの道の世界はその色彩への慾望を変化させ、橙に、数瞬の赤に、そして一日の最後に訪れる久遠の絵画のような静かに澄み渡る紫紺の情景に空を彩り、全天にポツリポツリと星が煌きはじめる。又新世界交響曲の歌が全世界をつつむように、至高の音楽のように、合唱されはじめる。

夜の国の時が近づいていた。星空の下の世界は闇につつまれた。しかしわたしの進む道はわたしがこの道から外れることなく歩いていけるようにみずから発光しているようであり、仄かに白くまっすぐにつづいているのだった。

せせらぎの音がしていた。小さな橋が架かっている場所にさしかかった。橋のまえに、

「『忘れ河』を渡り、夜の国へようこそ！」


という、とても古びた立て札があった。

空は星の輝きに満ちているのに橋の先は暗黒であった。この橋を渡ると文字どおり夜の国に入るのだった。それにしてもこの小さな川がどうして『忘れ河』なのだろうか。この川を渡ると何かを忘れてしまうのであろうか、それとも何かを忘れなければならないのであろうか。

忘れ河は深い深い闇の国からさらさらと流れ出ているのであった。わたしは闇夜のつづく橋のまえで立ちつくしたのであった。この橋を渡るべきかそれとも正午の国の方へと戻るべきか迷っていたのだった。しかしうしろを振り向くといま来た道はすで

に消えてしまっていた。わたしは夜の国へ架かる橋を渡りはじめた。するとどうであろうか！　すぐさま小さな橋の両側から光の乱舞が湧き上がりわたしを包容するかのように出現したのだった。数万匹を優に超える蛍とおぼしきものどものお出迎えであった。幾万のかれらは幽かな金いろに耀きながらオスとメスが交合を遂げるために死を賭して神聖な逸楽に陶酔しているのだった。かれらのいちいちの命は何かの力によって絶頂に押し上げられ忘れ河の上で燃え耀いているのだった。かれらのいちいちの命はそのいちいちのかれ自身のために同時にかれらという全体の為に明滅し燃え尽きるのだった。かれらは愛と死に満ちている！　しかしあろうことかわたしはその光を殺しはじめたのだった。わたしは浮遊している光を手あたり次第摑み、或いは踏みつけ殺戮していった。暗黒の原始の意志が光となり眼のまえに顕現していることへの突然の恐怖がわたしにその行為をさせてしまったのだ。しかし光は殺しても殺してもつぎつぎと忘れ河の橋の下から湧き上がってくるのである。殺しても殺してもなんらの痛手も感じないようにかれらは湧き上がってくるのである。しまいにわたしは光を殺すことに疲れた。こんどはわたしは狂気から醒めたただそれら幾万の光を見ていたのだった。しばらくするとこの耀きに誘われ不思議な文様の羽根をもった蛾とおぼしきものどもがかれらの周囲を艶麗に舞いはじめたのだった。ああ、これは「美」というものであった！　神的な「美」というものであった！　大宇宙の真理をかれらの合歓の悦びが象徴している。かれらは明滅する原始の魂であった。わたしは先刻の殺戮という罪も忘れ恍惚の舞踏に酔い痴れたのである。しかし誰がこのような行為をかれらにさせることを思いついたのであろう。それは「時間」の仕業なのか。わたしがこの深秘の光の群れにくらくらと眩暈を感じつつ夜の国へ架かる橋を渡り終えると、その先から神韻渺渺と太鼓や笛の音が聞こえて来た。暗黒の先に幽かに灯りが見えて来た。

夜の国では何かの祭りがはじまろうとしていた。

ここでも季節は現実世界に繋縛されることなく出現し、道の両脇の狂い咲きの花々が不思議な音律にゆれている。いつのまにか夜店が道の脇に立ち並び様々な人生を象徴する服を着た男女や犬や猫や牛や馬や豚などの動物たちが前方にある大きな門に向かって歩いてゆく。ふと人の気配を感じ横をみると、年老いてはいるが背筋のしっかりした背の高い男がわたしの脇を歩いている。男は船乗りのような服装をし、著しく陽に灼けた顔でわたしに話しかけた。

「ぼうず、今宵は『忘れ河の祭り』だな、『永遠の祭り』だな。やっとここに来た」

わたしも男の顔を見、話しかけた。

「『忘れ河の祭り』って何ですか?」

「死を祝う祭りのことだ」

男がわたしを見下ろし、答えた。

「死を祝うのですか?」

「そうだ、あの門をくぐると丘がある。そこに今夜、死という『永遠』が降ってくる。人間も動物たちも『永遠』と結婚するためにその丘に登ってゆく」

男は言った。

「死は『永遠』なのですか?」

「そうだ、死は『永遠』の最大の証《あかし》だ。それは今夜、光りの雨のように丘の上に降ってくる」

男は神聖なものを見るように言った。

「するとぼくは今夜死んでしまうのですか?」

男は不思議なものを見るような表情をした。

「ぼうず、われわれは『永遠』に出逢うということだ。これは愛《め》でたいことだ。おまえは死にたくないのか？」

「うん」

「しかしおまえは忘れ河の橋を渡り、わざわざ死を祝う祭りに遠くからやって来たではないか？」

「まだぼくは地図の旅しかしていない。ほんとうの旅がしたい」

「そうか、おまえはほんとうの旅がしたいのか。しかしほんとうの旅はつらいものだ」

「どうして」

「おまえはここまで来るあいだに見たではないか、歩きつづけなければならない兵隊や、戦争の火で焼かれた人々を」

「でも僕はもっと生きていたい」

「じゃあ『忘れ河の祭り』はおあずけだな」

「おじさんはどうするの？」

「俺はもう永い永い旅をして来た。だから今夜、忘れ河を渡り、この先の門をくぐって死んでゆく」

「そんなに旅して来たの？」

「ああ、俺はいっぱい旅をして来た。悲惨な旅も。美しい旅も」

男は初めてとてもやさしい表情となった。男はこの世界を謳うように語ったのだった。

「俺の旅は戦争へ行くことからはじまった。俺は戦場で幾人もの人を殺した、かれらを殺さなければ自分が殺されたからだ。俺はジャングルの中を逃げ彷徨った、生きたかったからだ。そして戦争は終わり、俺は祖国に帰還した。俺は慾望のままに幾人もの女を愛した。女たちは皆悲しく美しかった。俺は船乗りになった、世界の涯まで旅してみたかったからだ。無数の夕凪も、無数の朝焼けも、タイフーンに襲われ世界の終わりのように崩れ落ちる高波の瀑布も見た。夜空が晴れ上がった航海の日々には、俺はひとり甲板の上で天空を見ていた。満天の星々は円環を描き巡っていた、それは『永劫』としかいいようがなかった。それからも旅をつづけた。俺は熱帯の港の殷賑も、その市場を行き交う褐色の人々の喧噪も、鮮やかな青色に輝く蝶に纏いつかれる半裸の美しい少女も、戦争の殺戮から逃れる貧しい人々も、泣き叫ぶ子どもたちも見た。俺はかれらに生きろと叫んでいた。夏の極北の海に現われるザトウクジラの奇蹟の群れも、幾億兆の小魚を追って襲来する数千万羽の鳥の大群も見た。あれは巨大な命の姿であった。俺は熱帯の海に沈む夕日を愛し、極北の白く高い峰と群青《ぐんじょう》の海を愛した。俺は酒を愛し、女を愛した。世界は残酷であり、世界は美しかった。そして俺は老いた。もう終わっていいと思う。死を受け入れようと思う」

男はわたしにその人生を語り終えた。

「ぼくも永い永い旅をしたい」

男は最期ににこりと笑った。

「ぼうず、もう、俺の死の時刻が来た。門をくぐり『永遠の祭り』に入っていかなければならない。じゃあ、たっしゃでなあ！」

男はわたしに背を向け、門をくぐっていった。同時に大きな扉がみずから閉った。神隠しに合ったような永い夢も終わった。わたしは聖老樹の根方に寝ていたのであった。きっちゃんがわたしを目覚めさせてくれたのであった。きっちゃんは金色《こんじき》の真人《しんじん》のように見えた。きっちゃんがいてくれたことでこの世界に帰って来れたのだ。わたしは金いろの落ち葉を払い全天に星の煌く夜の冷気に震え立ち上がっていた。

「きっちゃん、ありがとう、ぼくを守っていてくれて」

「なんも、なんも、おらもゆめみていた」

「どんな？」

「おおきなもんをくぐっていくゆめだ」

「そうか、きっちゃんはくぐったの？」

「くぐった」

「門の先には何があった？」

「なんもなかった」

Ⅲ

……………ああ、わたしはふたたび現在という意識の流れの薄明るい琥珀的な輝きの中にいる、わたしの心臓はまだ搏動している、癌に喰われ骨と皮になろうとする身体中をまだ深紅の血汐は流れてくれている、わたしはこれまで幾回想像したかもしれないあることがらを淡い希望の光のように想い描いている、それはかつて真夜中に蛍光灯の明りで独り本を読んでいたときに、ふっと異次元の世界から息吹をかけられるように襲う魂の観念であるのだったが、わたしが梶井基次郎や宮沢賢治や西脇順三郎などの溺愛する作家や詩人の本を読んでいても、じつはわたしの魂は遠い深山の中に無数にある一本の樹にも宿っており、それとともにアフリカのサハラ砂漠の砂の中に生きる一匹の蠍にもわたしの魂は宿ってもおり、それらが全天よりふりそそがれる遥かな星たちの無数の明かりの下で半永久に半覚醒のような意識で生きているのである、そう、わたしと深山の樹とサハラの蠍の三者は同時にこの世界に生きているのである、三者ともわたし自身であるにかかわらずである、これはわたしという人間の肉体が死んでしまったのちも、又サハラの蠍が砂漠の完全に孤独な夜の闇の底でひっくりかえってとうに死んで干からびてしまったのちも、その一本の深山の樹は半覚醒のまま生きつづけるけるのであり、わたしは無意識の魂魄となっているのである、昔しから言う輪廻転生のうちにわたしの魂魄も変転し生きつづけるのである、又その点においてわたしは依然として旅人のままなのである、そのようなことがらに何の矛盾も、瑣細な違和感も覚えず、なぜかしらわたしという命の現象自体が永久に浜辺に打ち響く潮騒のような音楽のさなかの玉響《たまゆら》の出来事のようにも感じている、そのようなわたしというものが真夜中にただ独りいる……………………………………

……………又ある夜には優しい月の光に満たされた海を幻に見ているのである、月の引力による数億年の揺籃によって始源の生命は奇蹟としてこの世界に生まれ満ちたのかもしれないが、月の光に溢れる海は円《まどか》な官能そのものであり、三島由紀夫という美にみずから破滅していった天才の狂気が生み出した「豊饒の海」もじつは月の海であり、官能の美こそ生命なのである、わたしは青白く燃え立っているようにも見える海のほとりを中世の修道士のようにいつまでも何処までも歩いてゆく……………………

………………ああ、わたしの心象はスローモーションにムンクの絵のような叫びをあげ、破裂し、放散し、それらのかけらがこんどは、黄金に、銀色に、或いは透明な青色に明滅している、しかしバラバラとなったわたしの魂はなぜだか生きながらえコーランの祈りのように燃えつづける……………………………………………………………………

……

………………又わたしは無意識という途方もなく広大な「自己」に目覚める、わたしの心象風景は快楽のさなかにある、月に照らされた海から太陽に燦《きらめ》く海に情景は移ってゆく、そこには破滅してゆく天才詩人らが謳う不朽のシーンがある、わたしがかつて愛した長い髪の女が夏の暑熱のうちにそれ自身の官能を極め太陽と海とわたしに犯され声を発している、その淫らとも、神聖ともいえる姿態と声にわたしは陶酔してゆく、ああ、輝ける命の行為のなかに……………………………………………………………………

………………心象の情景はさらに変わってゆく、わたしは汚穢《おわい》の世を独り歩いている、わたし自身も銀蠅のように膨れた腹を汚穢で満たし歩いている、雨がわたしをつつむようにふっている、わたしの心象に、しずかに、命あることの悦びと悲しみの雨が入り混じりふりしきっている、わたしは雨の中に立ち、樹々や、草々や、花々や、ピカソの青の時代のような女たちをじっと見ている、不可思議の力のほんとうにしずかな奔出のまえに立ちわたしはかれらを見ている、ああ、かれらやわたしやすべてのものの生の果てには海があるのかもしれない、暗黒という海がひろがっているのかもしれない、わたしの心象を無数の鳥たちが羽搏き飛び立ってゆく、黒い鳥や白い鳥や青い鳥や極彩色の鳥たちがかれら自身の象徴の翼をひろげ大空に飛び立ってゆく、ばさばさばさばさと純粋の音楽のように羽音を立て漆黒へ飛び立ってゆく、かれらは死という海をめざしてゆく、わたしももうじきその海へ羽搏いてゆく、わたしは果てしない闇へ飛翔してゆく、果てしない夜への旅へ、灰色に輝く鳥のように。

この心の風景の記録は永い永いわたしの遺書である。何処にも無いかもしれない永遠の命に執着してしまった愚かな酔いどれ男の歪《いびつ》な記憶の書である、誰が読んでくれるかわからないままに最期の時まで告白を書き連ね、碑文のようにわたしを記憶してくださいと切に希っている。

○

わたしは心身の成長とともに周囲の少年らに感覚の著しい違和感を覚え、劣等感による屈折した憂鬱にも塗り込められ、故郷に十八歳で別れを告げることになった。その二日後には一千二百万人もの人間が蝟集する大都会の夜明け前にその薄明の空の下にみすぼらしいジャージ姿で立っていた。

わたしは予備校へ通うために東京の郊外にある新聞販売所に勤めることになった。郷里の高校を卒業し集団就職する者たちとは完全に別れ、一人で列車に乗り上京した。わたしは大都会の外れにある無表情に建て込んでいる街の路地裏のすみずみと群れなすコンクリートの団地の階段を早朝と夕刻に駆けることになった。デクノボーのように不器用な陰鬱な感情をかかえた身長百七十五センチの肉体であった。

そう、あの時、わたしは幻想ではなく、すべてを呑み込む津波のような現実の事象として大都会に遭遇していった、文字通り長距離を走り終着の巨大都市に入ってゆく列車の進行とともに遭遇していった。

列車は東京の中心部に向かって走ってゆく、夜のはじまったばかりの東京はふりそそがれる雨の中にあるのに壮麗な光の殿堂となり極東アジアの猥雑な繁栄を極めわたしのまえにつぎつぎと顕現してゆく、それは後年「ブレードランナー」という映画で観た酸性雨のふる巨大な街の風景のように非情の美しさで顕現してゆく、わたしは初めて雨の中に突っ立つ人類の都の夜に耀く高層ビルの群れを見る、かれらはこの都市を支配する無言の王達であり人類の希望の象徴であり傲然と夜空に聳えている、かれらはみな戦争の廃墟から、民主主義や、資本主義や、人間主義という名の新時代へ向けて創造された塔である、しかし人類の希望の塔であるにかかわらず何らの崇高な音楽も何らの崇高な歌も何らの崇高なコトバも響いてこない、この場景からは新世界交響曲のあの歌は一小節も響いてこない、なぜだろう、中世の教会の尖塔や古代の寺院の仏塔がその永い永い時間の中で深遠の鐘の音を世界に鳴り響かせているのにかかわらず、人間主義の新時代には崇高の何かは疫病のように危険であるのかもしれない。

午後七時に上野駅に着き、勤め先となる新聞販売所に向かうため環状線の電車に乗り換え十数分後に乗換駅である池袋で下車し人混みでおびただしい通路を迷いつつ郊外へ向かう私鉄電車に乗る、しばらくすると電車は都心を離れ時折畑らしきものも残る黒いシルエットの風景の中をゴトゴトと西に走ってゆく、人々が疲れた顔で黙ったまま吊り革に摑まっている、わたしは不思議そうに車窓を眺めている、初めて見る光景だが大都会の夜空は何処までも底が不自然に仄明るいのだ、宇宙の暗夜の底に人類の都の極限に孤独なかがやきがあるのかもしれない、もしかしたらこれらのかがやきはあらゆる生命のかがやきと同様に悲しく崇高であるかもしれない、気がつくと雨はやみ夜空は晴れ上がったと思われる、ビルの群れのつづく涯から大きな三日月が宇宙の涯の音楽の響き合いのように昇って来る、わたしは月の幽かな光に照らされた自分を一枚の絵を見るように他者として客観視している、一人の田舎出の少年が大都会の底を走る電車に初めて乗っている、ゴトゴトと急行列車は晴れ上がった夜を西に走ってゆく、永劫の世界の一シーンとして西に走ってゆく、わたしという少年がその電車に乗り通り過ぎる夜の世界を見ている。

『俺はどうしてこの世界を旅しているのだろうか？』

ああ、わたしの人生の本当の旅がはじまったばかりだというのに、嗤うべきことに、唐突にひとつづきの幻覚が出現したのだった。わたしはこの見知らぬ沈黙の乗客たちと場末の宇宙を行く電車に乗っている、沈黙の乗客たちは黒い人影となり座席に坐ったり白い吊り革を摑み立っていたりする、わたしは無限の時間を旅している、わたしは時間の無限の海を下降しふたたび時間の無限の海を上昇してゆく、わたしの乗った列車は極北の生命の海に出現するザトウクジラのように海面上に突き上がる、視覚にとらえられた時間が全身から金いろの滝のように流れ落ちる、全世界を冴えわたる月光の青白い光が照らしている、時間にゆれるものたちの一つ一つが沈静に青く立っている、その光を浴び、否、よく見るとそれら自身が燐光のように青白い光を放ちみんながみんな微量の意識をもち「何か」を想像している、そうだみんながみんな「何か」を待ちわびている、なぜだかとてもとてもこれらの幻覚が真のものたちに思えてくる、これが本当の真理の光景かもしれない、青白い夜の世界に音楽的なゆらぎが生じはじめる、無感情の神秘和音がしずかにしずかにピアノの鍵盤を鳴らしはじめる……………。

『俺はいったいどこへ行くのだろうか？』

○

郊外にある街の新聞販売所の朝は早い。朝まだき、午前四時に起床する。東北訛りのある小太りの店主が起きてこない新聞配達員を叩き起す。大学や予備校に通う住み込みの者らが六人いる。三十歳をとうに過ぎている専従の中年男の配達員が二人いる。仕事はその日の広告チラシを新聞に差し込むことからはじまる。この作業を前夜の眠りの残滓を全身に纏いつかせたまま黙々とし終える。古い型の黒く頑丈な自転車に小山のように新聞を積み上げ、ハンドルのまえの籠にも山盛りに入れる。わたしは配達区域である駅前近くの商店街とその裏の住宅街の路地のすみずみをまだ鼻につく鮮烈なインクの匂いのする新聞を自転車に乗せ走る。不思議なことに数百軒もある配達先は二十日も配達するうちにすべて覚えてしまう。時折他社の配達員や牛乳配達の男、水商売を終え少し酔って歌を歌い歩いている朝帰りの若い女などと擦れ違う。何処の誰だか永久に知ることのない名前の無いかれらとかれらから見て名前の無いわたしがある時代のある早朝、ある国の無数にある街角の一つで一瞬交差する。わたしは今二度と帰って来ることのない、何の意味もなく過ぎ去ったその一瞬を愛惜している。かれらはかれらの生を生きわたしはわたしの生を生きているただそれだけの擦れ違いであったのに。わたしは涙しそうになる。残飯を漁る野良猫もまだ起きてこない。黒いカラスの群れもいまだ何処かの薄闇で決して夢を見ることのない貪婪な眠りを眠っている。暁闇をひとりひた走るわたしは道に撒き散らされている酔っ払いの吐瀉物を素早くかわす。この建て混んでいる駅前地区を配り終えると、四階建の同じつくりの同じ顔をしている、まだ賑やかな団欒のあった時代の団地の群れに入ってゆく。数十年先には子供らの声は絶え死を孤独に待つしかない無言の老人の街になっていることをわたしは知っている。ずっと以前に失くしてしまった家族との食卓、家族との語らい、家族との喜怒哀楽。一切は夢の跡。一切は過ぎてゆく。最期にはただひとりとなる悲しみはどうしようもなく深い。しかしあの時代にいるわたしはひたすら階段を駆け上がり、配達先の各部屋の鉄の扉の郵便受けに新聞をゴソッと差し込み駆け下る。わたしはコンクリートの群れる朝の中をひたすら孤高のランナーとなり上へ下へ走りつづける…………。

……………わたしは今、団地の階段をタッタッタッタッタと駆けていた青年期に移行した直後の自分の姿を記録映画の映像を観るように想い浮かべている。汚れたジャージを着、汚れたシューズを履き、悦びも悲しみもなく一心に走りつづけるわたしが映っている。この全宇宙で、あの日々の、あの場所の、あのわたしの姿を想うことができるのはわたしの他にありえない。わたしはまぎれもなくあの時、あの場所をただひとり走っていた。あの朝の日々わたしは青い焔であったのであり、わたしの夜明け前の管弦楽はあの時世界に鳴り渡っていた。死がまぢかに迫る今、わたしの想像力がわたしの過去と呼ばれる記憶の世界をひたすら走りつづける。走れ！　走れ！　走れ！　メロスのように走れ！　わたしの青年時代のはじまりの過去という世界に夜明けが訪れる。幾多の殺人と幾多の戦争という人間の惨劇が記載され、人間の苦悩と歓びと死亡公告が記載された真新しい紙を手にわたしは走りつづける。ああ、ビルの群れの涯からかぎりなく美しい夜明けが、かぎりなく荘厳な夜明けが幕を開ける。都会の飽食の鳥たちが目覚め、樹々の枝から前夜の残飯にありつくために地上に降り立ちゴミ置き場を漁りはじめる。走れ！　走れ！　青年のわたしよ、メロスのように走れ！

過去という閉じ込められた琥珀の世界にいるわたしは朝刊の配達を終える。この日も一軒の配達漏れもない。その時代にあった郊外にある街の家々は目覚め人々はあわただしい朝の食事から一日の活動に動きはじめている。琥珀の世界にひろがる季節のない街をわたしの黒く頑丈な愛車は軽快に走ってゆく。わたしと自転車は苦楽をともにする友である。わたしはビートルズのヘイ・ジュードを車上で歌い販売所への道を気分よく走ってゆく。この道のりは日に一度訪れる自由と解放の歓びに満ちた時だ。途中余ったスポーツ紙を浮浪者のおじさんにあげる。おじさんが汚い顔でニッと笑う。

ほどなくして店に到着する。わたしと愛車の朝の旅も終了しインクくさい手を洗い食堂に入る。労働のあとの朝飯ほど旨いものは他にない。飯をどんぶりでたらふく食う。鮭と生卵と味噌汁でどんぶり飯を二杯食う。腹を満たしたあと都心にある予備校に通うがすぐに馬鹿らしくなりひと月で行くことを止めてしまう。わたしの青春はあっさりと転落しはじめる。朝と夕に新聞を配達する時と、たまに住み込みの配達員とコトバを交わすこと、タバコを仕入れるため駅前のパチンコ屋でセブンスターを何カートンか勝ち取ることに熱中する以外、一日中陽の射し込むことのない牢屋のような部屋で灯りを点しつづける。わたしは白昼に何もしない人間に堕ちてゆく。

炭坑の盛んであった時代は終焉し、多くの人々が家を捨て去ってしまった、九州の廃墟に近づきつつある町から上京した、ノボルという背の低い予備校生が隣の部屋にいた。意志薄弱の彼もここに来てしばらくして受験勉強を放棄してしまった。彼は炭鉱町のボタ山の情景やまだ鉱山が栄えていたころの荒くれの坑夫たちと絡み合う女たちの嬌声や、夜の通りの殷賑をわたしに語ってくれた。繊細な魂の持ち主であった彼は智恵子抄という詩集にある「レモン哀歌」という詩を殊のほか愛していた。彼は人なつこい性格のため皆に好かれ、わたしの友であった。しかし彼は目標を失い一年でここを去った。

　それから数年後、まるであの「罪と罰」の主人公のように、彼は借金苦のため独り暮らしの老婆宅に盗みに入り、老婆を殺害した。新聞報道によれば血しぶきを浴びた彼は警察に追われ逃走し、あるマンションの外階段を駆け上がり、その十階の踊り場から地上に身を投げ死んだ。レモン哀歌を愛した彼は残忍な殺人者に変貌し最期に断末魔の叫びをあげ短い人生の旅を凄惨に終えた。

　わたしの脳髄に彼が外階段を駆け上がる場面がとてもリアルな映像となり大写しに照らし出されてゆく。あの気の弱いノボルが人を殺害し警察に追われ走っている。ハァハァと息を切らし、血を逆流させ、あいつが走っている。あの事件から何十年もたったはずなのにノボルはわたしの心象世界を永久に走っている。ノボルよ！　もう走るのを止めよ！　もうおまえは死んでいるのだ！

　わたしは死期を宣告された今、なぜだか彼を思い出す。金のために人を殺して死んだあいつと、無為に生き最後の最後にこの手記を残しただけで死んでいくわたしと、この世界に生きたことの意味においてどれほどの差異があったのかと。じつは差異は何もなかったのではないかと。わたしは彼が身を投げ地上に激突した場所を探し当て、一輪の百合の花をたむけようと思っていた。なぜだかそれは一輪の大きな山百合でなければならなかった。それは夏の北国の故郷で海に臨む岬の丘の斜面一面に咲いていた山百合たちを美しいものの象徴として記憶したためだろうか。レモン哀歌を愛した強盗殺人者に一輪の大きな山百合は似合わないかもしれないが、彼の最低最悪の人生のせめてもの弔いのために、この花をたむけても人は許してくれるだろうと思っていた。しかしその小さな弔いの旅を果たさないままわたしは死んでゆく。ノボルよ。もうおまえとも グット・バイだ。もうおまえはわたしの中を走らなくてもいいのだ。

シモジョウさんという脚本家をめざしている、中肉中背で猫背であり、厚い下唇と褐色に近い肌をし、髪の毛が天然パーマで暗欝な眼差しをしている、しかし稀に愛嬌のある表情を見せる大学生の男がいた。彼はヒッヒッヒッと時折下品に笑い、嬉々としドストエフスキーの「地下室の手記」と太宰治の「人間失格」の話ばかりしていた。彼は精神異常者に親近感と特別の興味を抱いていた。人相がひどく悪かったために極左の爆弾犯人の下っ端とまちがえられたりして、たびたび警察の職務尋問につかまり、その都度夕刊の配達を遅延していた。彼はわたしにとって愛すべき先輩であったが一度として脚本の話をしてくれたことはなかった。

ウエダさんという背が高く瘠せていて出っ歯で黒ぶちの分厚いレンズの眼鏡をかけた文学部の大学生がいた。彼は英文学を専攻し新聞配達店で一番のインテリであった。苦学生であったが神田・お茶の水界隈の古本屋街や大学街を愛していた。地方出の彼はこの国の他の場所にはないあの街の空気の中にいるのが好きだと言っていた。彼は書物を愛し将来大学教授になることをめざしていた。彼は常に勉学に励んでおり、第二外国語は珍しいアラビア語を選択しそれと格闘していた。本を読んでいない時は優雅で不思議な文様の文字を贅沢な戯れごとのようにノートに書き連ねていた。わたしは彼の書きぶりに見惚れていた。「君はどうゆう作家が好きか」と彼に問われたことがあった。わたしは高校時代に、少し不良がかった独身の現代国語の美しい女教師に魅惑されるままに、それは放課後のわれわれしかいない図書室の書棚の隅で、なぜだか官能的な声色で教えられるままにはまってしまった安部公房という作家の名を言った。「君は存在の不確かさの文学に魅かれているのか」とウエダさんは指摘した。わたしはコクリと肯いた。たしかにあの作品群にはさらさらと砂が足元を流れてゆくうちにいつのまにか別の人間存在となってしまう闇があった。わたしが寓話的なそれらの物語に惹きつけられていたことは事実であり、そのことに異議はない。しかしその頃大都会の片隅に虫けらのように生きるわたしを引きずり回しはじめていたのは別次元にある、もっと深い、どうしようもない、究極の問いであった。わたしには「ある」ということが、不思議で不思議でならないのだった。虫や、草や、木や、石や、鉱物や、水や、海や、星や、光や、全宇宙が、なぜに「ある」のか。このことが最大の神秘なのだった。わたしは人間の都の底にある地下室のような部屋に棲息し薄闇から地上や宇宙の森羅万象を想像することでこの根本の神秘に囚われていった。時として憂鬱な意識の内部からこの猥雑なほどに万物があるという事実が無限の神性に燦然と輝き出すのであった。時としてこれらのイメージに呆然となり陶然となり恍惚となるのであった。万物に完全な「死」はあり得ない、つまり全存在が「0」になることはあり得ない。熱力学の第一法則はあり得ないと明言しているではないか、しかしそうするとこの世界ははじまりもなく終わりもないことになる。これで本当にいいのか？

「君は小川国夫という作家の作品を読んでみなさい。キミの知らない世界がある」とウエダさんは生徒を導く教師のように教えてくれた。わたしは小川国夫を読みはじめた。魂が、暗く、美しく、時に残酷にも、時に真珠母色の光りのようにも、永劫的に響き合う世界を、わたしの想像さえしなかった次元に眩耀する闇と光の詩の世界を、かいま見ることになった。この作家には永い沈黙から生まれ出たどうしようもなく深くて美しいコトバの響き合いがある。わたしは行間から幽かに交響してくる、旧約聖書的ともいえる、時に中世の僧院的ともいえる、厳粛な鐘の音に魅惑されていった。

小川国夫に触発されてかこの頃から少しずつ不朽のコトバしかないといわれる聖書に興味をいだくようになった。又ある時から原始仏典という古代の清浄な書物も読むようになった。わたしは聖書を読みながら、或いは古代インドの聖者の発した感興の詩句を読みながら、人間とは結局、コトバなのだと思った。しかし聖書という宗教も仏教という宗教もわたしにとって救いにはなり得なかった。わたしの魂は崇高の深い青という宗教的救いを追い求めながら、それを信じ切ることも、それに溺れてしまうこともできなかった。わたしは美や音楽やコトバに溺れても、人間の創った神や仏に魂を溺れさせることはどうしてもできなかった。…………………

…………わたしは今、ドヤ街の路上でじっと死を待つしかなかった、悲しき末期癌患者の救いのために建てられたホスピスにいる、死を待つ人々の家にいる。キリスト者である情熱的な男が廃人のような男どもで蠢く街に私財を擲って建てた白亜のホスピスにいる。わたしは狭く白い一人部屋の中で幾十年前の記憶の襞に丹念に照明を当てようとしている。目のまえには白い壁がある。何かの象《かたち》を喚起させるしみもないやわらかい質感をもつ白い壁である。それゆえわたしは壁の世界に吸い込まれそうになる。この部屋ですでに幾人かの者が死に直面し、死を見つめ、死んで逝ったという。死はかれらの人生をけっして虚飾しなかったという。かれらはわたしと同じようにこの白いベットの上で、この白い壁をまえにし、過ぎ去り、流れ去り、悦びに震え、悲しみに泣いた、失われた日々の追懐に耽っていたのだろう。この部屋の中では生きるために彷徨った熱帯のジャングルの何かが蠢いている夜の闇や、六十年ほどまえに終った戦争の焼け跡に架かったどうしようなく大きな虹の情景や、競馬場で一攫千金した瞬間の熱狂や、東京タワー建設工事の地上三百メートルでの誇り高い労働や、愛する女との魂の蕩けるような至上の合歓や、何よりも貴い平穏であった家族との日々の小さな食卓の情景が、それらとの別離の情景とともに、すべて流れ去る時の彼方に明滅していたのかもしれない。一切は跫音もなく走り去るもの、失楽園のように、廃園に捨てておかれた何かの沈黙のかけらのように、ああ、今、その物言わぬかけらに金色の光の波があたっている。…………………………

……………するとと、どうであろうか！　脳の奥処から、記憶の彼方から、『おまえは、あの時、派手な喧嘩をしたではないか、思い出せ！』という叱責の声と、ある映像が鮮烈に浮上して来る、行きどまりの現在に圧倒的な豪雨の情景が不条理にして眩暈《めまい》する命の真夏の光のように浮かび上がる。………………

……………スダモリさんという初老の男の配達員がいた。彼は新聞配達を業とする「専従さん」と呼ばれる者の一人であり、独身であり、百五十センチほどの身長しかなく、歳のわりに顔はすでに皺くちゃであり、少し頭脳の足りない、しかしすこぶる人柄の穏和な男であった。ただ、スダモリさんがなぜ専従さんとなりこの新聞配達店に住み込むことになったのか、その人生の曲折と貧しく悲惨であったであろう過去をわたしは何も知らない。

スダモリさんは専従さんゆえに学生たちよりも広い区域を原付バイクで配達していた。スダモリさんは、かれの配達区域の購読者に半年以上新聞代を支払わない横柄な男がいるので、自分と一緒に集金に行って未収金を回収するのに立ち会って欲しいと、まだ未成年者であった十九歳のわたしに無報酬の依頼をしに来た。スダモリさんは店主からこれを回収しないとその分を給料からさっぴくと脅されていた。わたしはこの依頼を二つ返事で受諾した。男が新聞代を払うとスダモリさんに約束し、集金に来いと指定した日の夜にわれわれは原付バイクと自転車で出かけて行った。雨が降り出しそうな重たい湿気を帯びた夜であった。スダモリさんとわたしは男のアパートに着いた。しかし何度ブザーを鳴らしても応答はない。部屋に灯りも点っていない。男は約束をたがえ不在であった。あきらめ立ち去ろうとするとアパートのドアの隙間に紙片が挟まっているのが見える。紙片は友人への伝言であった。そこには近くの飲み屋に行っているから来て欲しいと書かれていた。わたしに怒りが生じた。われわれはその飲み屋に向かった。途上、雨が激しく降りだした。雨に打たれた道路は車道を行き交う自動車のヘッドライトに油のようにギラついていた。赤提灯の架かった場末の店に着いた。店のガラス戸をがらがらと開けると、案の定、男がひとりカウンターで飲んでいた。客は彼しかいない。スダモリさんが「新聞代を払ってくれ」と恐る恐る言った。男はスダモリさんの皺くちゃの顔を見て、嘲笑い、嘯いた。「じいさん、そんなものはしらねーよ」そう言い終わると男はわれわれを完全に無視し酒を飲みつづけた。この態度にわたしの怒りが爆発した。わたしはすでに酔っている男を店から引きずり出した。雨はますます激しさを増してゆく。わたしは男を店のガラス戸の少し手前にできていた泥水の中に突き倒し、馬乗りになり、その酒浸りの醜い顔を泥水に何度も沈めた。おまえは泥でも飲んでいろと言い言い、何度も沈めた。激情から力が漲っていた。ふと男をこのまま殺すのだろうかと思った。しかしそれならそれでいいと思った。殺人の未必の故意が生じていた。雨は地上に轟々と降っている、洪水のように降っている。何もできないスダモリさんはしぶきをあげる雨の中で震えている。男とわたしの人生はどんづまりに来た。暗黒の崖っぷちまで来た。突然飲み屋の親父が店から飛び出して来た。わたしはものすごい力で親父に羽交い絞めにされた。この瞬間、わたしはたすかったと思った。わたしは殺人を免れたのだった。結局、新聞代は回収できず、冷酷な店主はスダモリさんの安月給から未収金を差し引いた。わたしは男から告訴されることはなかった。

わたしは今、はっきりとあの土砂降りの夜の情景を想い出す。あの夜の闇に燦爛する降りつづく雨の底で、若い肉体を、狂気の暴力によって躍動させていた。一度も真昼の太陽に愛されたことのないデクノボーのこの肉体が、大都会の底で、夜の轟然たる雨の中で、殺人未遂罪に等しい行為によって、爆発的に、極めて愚かに、全身を濡らしながら生きていた。あの時、わたしは確かに生きていた！

……もう一つ！　笑うべき諍《いさか》いがあったではないか！　あの時、おまえはヤクザに監禁されたではないか！

……わたしの配達区域にも新聞代を永らく払わない客がいた。その輩はあるマンションの一室に住んでいた。休日の夜に集金に行っても不在が多く、なかなかつかまえることができないでいた。八月のある晩行ったところ、今度の土曜の夜九時に来てくれたら全部払うとの約束を取り付けた。わたしは喜び勇んでその夜に出かけて行った。

マンションのその部屋の扉のまえで何度ブザーを鳴らしても反応がない。しかし中にはいるようだ。わたしはしつこく鳴らしつづけた。すると扉の向う側から、「なんの用だ。うるさい！」という胴間声がした。いつもの声と違うと感じながらも、わたしはこのコトバに切れていた。「おまえが新聞代を払うと言うから約束の時間に来たんだ。おい、新聞代を払え！」と叫んだ。扉が開いた。上半身裸の刺青の男が姿を現した。醜く腹が突き出ている。彼はわたしと約束した男とは別人であった。わたしは刺青男に「おまえ中に入れ」と命ぜられ入室した。そこはヤクザの住居であった。親分と思われる者の写真が飾られていた。扉の開いたもう一つの部屋は寝室であり素っ裸の白い肌の女が、シーツで躰を隠し、ベッドに半身を起していた。ここに住んでいるのはこの刺青男の舎弟であり、この晩は兄貴分のこの男に部屋を貸して、情事の最中であった。わたしはこの男の舎弟に見事に嵌められ、刺青男と女は情事をわたしに邪魔されたのだ。

「おまえ、ここに座れ」

男に言われるまま、台所の板間に座った。すると男が出刃包丁と俎板をもってきた。男は見事な技で出刃包丁をわたしが正座している膝と膝の間の板間に突き刺した。出刃がビィーンと震える。

「おまえ、これで指つめろ」

男は包丁を抜き、俎板をわたしの膝のまえに置いた。

「さあ、今から指つめろ」

するとと裸の女が言った。

「このぼうやの指つめたら、アルコール漬けにしましょうね」

腹の立つ女だと思った。わたしは言った。

「それは嫌だ。俺はつめない」

男がわたしを睨みつける。

「じゃあ、このおとしまえをどうしてくれる。俺はおまえの新聞などとっていない。おまえは俺の楽しみを邪魔した。おまえがつめないなら、おまえの販売所に火付けるぞ」

男はドスのきいた声で言った。

「それはこまる」

「俺はこの辺じゃあ、狂犬と呼ばれている。さあ、どうしてくれる、クソガキが」

わたしは無言で座っていた。男はいらついていた。男が聞いた。

「おまえ、名前は」

「ノロ　エイイチ」

「なにぃ！　ノロだと、ふざけた名だ、おいノロ、金あるか」

「無い。無いから新聞屋をやってる」

「おい、ノロ、おまえはつくづく自分の置かれた状況ちゅうもんが分かってないガキだ。おまえ殺されたいか」

「嫌だ」

盛夏の蒸し暑い夜であった。外から駅前の広場で催されている盆踊りの殷賑が届いていた。やがてそれも止んだ。人々が夜祭りから帰る下駄の鳴る音がする。みんな家路を賑やかにしゃべっている。暴走族のような若者らの立ち騒ぐ声が聞えている。あちこちで爆竹の音が激しくはじける。かれらはかれらの夏を生きている。何の意味はなくとも欠けることのできない豊饒の時間をかれらは生きている。同世代であっても決してわたしが参加することのできない永遠の夏をかれらは生きている。やがてそれらもみな静まった。ヤクザと白い肌の女とわたしの時間は壺中の三匹の虫のように煮詰まってゆく。

夜の十時にヤクザは監禁から解放した。わたしはこの夜、夜行列車に乗って初めて郷里に帰省する切符をとっていた。しかし無駄になった。この年の秋に父は町に行くために原付バイクに乗っていて前方から来た居眠り運転のトラックに轢かれ即死し、ひとり残された母はその後家《ご》で孤独死した。母の死因は判明しなかった。岬の集落に伝わる昔の民話や海の彼方からやって来た異人たちの伝説を語ってくれた祖母はわたしの中学生時代にすでに亡くなっていた。わたしは葬儀のため二度帰郷した。しかしそれ以後三十年以上帰ることはなかった。実家は無人となり、潮風に嬲られ、蔓に絡まれ、屋根は潰れ落ち、壁は腐れ落ち、絶命した。

あの狂犬のヤクザと白い肌の女はまだ生きているのだろうか。あの男は修羅の一生を突き進み何処かで醜い腹を豚のように裂かれ凄惨に殺されてしまっているのだろうか。もしも生きているのであればかれらと笑いながら酒を飲み交わしたい、走り去る青春の犬のように、人生は走り去る記憶であったとして。

わたしは住み込みの新聞配達員を二年勤めたのちやめることになった。結局大学には行かなかった。その先にあては何もなかった。ウエダさんやシモジョウさんも同時にやめた。ウエダさんが文学青年らしい提案をした。

「オー・ヘンリーに『二十年後』という小説がある。俺たちはここでせっかく一緒に働いたのだからあの真似をしようと思う。ここの新聞配達所に勤めていた学生全員は、丁度二十年後のこの日の午後七時に渋谷のハチ公のまえで逢おう！」

わたしは気が乗らなかった。馬鹿ばかしいことだと思った。しかしウエダさんに約束させられた。

不思議なことにそれから二十年後にこの約束を覚えていた。わたしは前夜ひとり居酒屋で飲んでいて、人間の記憶の奇蹟のように、ふとこの約束を思い出したのだった。二十年も脳髄の奥処でひたすら眠りつづけていた記憶が前夜に目覚めたのだ。これは酒精のなした技かもしれない。わたしは二十年前に指定された時間にハチ公のまえに立った。それは絵画のように大きい月の輝く金曜の夜であった。しかし誰ひとり来なかった。かれらはノボルのようにみんな死んでしまったのであろう、或いは行方不明者や、犯罪者になってしまったのだろう。きっとウエダさんは大学教授の道を性悪な女に狂って挫折し、シモジョウさんはあの暗欝な顔のまま人間失格となり、みんなみんないまごろ牢獄に繋がれたり、失踪宣告されたり、すでに死んでしまったのであろう。わたしはハチ公の横に立ちつくした。「永遠」を待つしかないハチ公とそこに並んで立つわたしは悲しき友であった。不夜城の谷の底にある渋谷の駅前には大都会のど真ん中にあるにかかわらず何処からか春の夜の甘やかな匂いが流れ込んでいた。渋谷の街は華やいでいる。男を待っているのであろう、人待ち顔の女たちは皆美しく着飾っていた。それからわたしは人波の流れの途絶えることのない街をひとり歩き廻った。大都会の上に月が照り輝いている。わたしは黒いジャンバーのポケットに手を突っ込みアメリカ映画で観た孤独なタクシードライバーのように街を歩き回った。わたしは約束を守った、わたしは約束に裏切られた、ここにはわたし以外に知っている者は誰もいなかった、わたししかいなかった、わたしはやはりひとりであった。

Ⅳ

……………………わたしに「魂」というものがあるならば、否《いな》、それは当然にあるように思えてしようがないのだが、それがあるゆえにわたしの死に際にあって、その魂というものがこの手記を書かしめている。魂が物質なのか非物質なのかというと非物質の典型と思えてしまうが、現代において科学者たちや唯物論者たちに普遍的に承認されている観念としてそれは脳の滅びとともに滅ぶ、すなわち魂とは人間の脳という物質そのものだとも思えて来る。

ところで人間の魂から生み出された典型的な非物質の存在であると非科学的なわたしが考えている「音楽」に、われわれが感動するのはなぜであろうか、この疑問がいまもって解けない。これは人はなぜ美に感動するのかと同じ意味をもつ疑問であるが、たとえば不朽の音楽といわれている曲がある。バッハの「平均律クラヴィーア曲集」の前奏曲や、ドビュッシーの「月の光」などであるが、これらがいつの時代の人をも感動させてしまうのはなぜか、ここにサムシング・グレートと呼ばれている偉大な何かが秘められているのではないか、それは「永遠の命」の艶やかな切れ端ではないのか、その不滅のコンポジションを天才作曲家が発見しわれわれに開示しただけではないのか、おめでたくもそのようなことをずっと生涯考えつづけている。やはりわたしは死ぬまで非現実的な阿呆であったのである。嗤うしかない。そういえばわたしよりもその破滅的魂において遥かに阿呆であったある男の思い出が今、わたしの脳髄に悲しく蘇生する。

大都会に出て来てから人間の海を漂流するうちに出会った、わたしの極く少ない友人の一人にピアニストくずれの男がいた。そう、わたしの周囲にいたのは皆、何かを乗り越えた者ではなく、何かを乗り越えようとして結局乗り越えられずに破滅してしまった人間たちであった。それは詩人くずれや宗教者くずれやトランペッターくずれであったりした。元詩人は詩を書き進むうちに存在の深淵をかいま見てしまい発狂し流れる雲を鉄格子の窓から眺めるしかない閉鎖病棟の人となり、元宗教者は神の世界に没頭するうちに現実の生活という足元を見失い破産し一家離散となり、元トランペッターはライブハウスの職を失った夜に新宿の歓楽街で大酒を喰らいバカ騒ぎした後に交通事故に遭い廃人となった。元ピアニストの彼はわたしと同い歳であった。彼は襤褸雑巾のような生活にみずから堕ちており、横浜のドヤ街に近い労務者の街の飲み屋でわたしと幾度も痛飲した。彼は異常に早熟にも幼稚園に入るまえから「荒城の月」という滝廉太郎の名曲を溺愛してしまった。母親に「ハルコー　ハルコーをかけて」とそのレコードを繰り返しかけてもらうことをせがんでいたという。彼はあの曲の旋律にも感動したのだが、あの詩の響にも幼い魂を震わせていたのだという。詩の意味はわからなくとも滅びの放つ美を感じていたのだ。彼は成長するにつれてピアノを溺愛し音楽に深く深く傾斜してゆくのだが、人間の口からでるコトバも自然界や人間界に起る万象の音もすべてが旋律やリズムをもち音楽であるという感覚、それはある種の精神異常者のもつ感覚に到達した。すなわち彼の耳には彼が何処にいても常に音楽が鳴っていた。しかし次第に彼はそれらの音楽に精神が耐えられなくなっていった。彼は発狂寸前でバッサリと音楽をその精神から切り捨てようと朝から晩まで激しい肉体労働に勤しむようになった。しばらくはおしよせる音の波に苦しんだが、そのうちに日常生活から音楽は鳴り止み、彼は発狂を逃れたのだった。わたしと出会った時には彼の指はすでにピアニストの繊細な指ではなく、重労働に節くれだった指であり、爪に入り込んだ汚れが取れなくなった肉体労働者の指であった。しかし、その後に彼は自殺してしまった。その理由は誰にもわからない。ただ彼がある音楽堂の小部屋で縊死した際の遺体の服のポケットにある楽譜が入っていたという。それは二十世紀初頭に死んだロシアの神秘作曲家スクリャービンの交響曲第四番「ポエム・ド・エクスタシー」の幾枚であったという。彼に又音楽がやって来たのだろう。彼は禁断の曲に恍惚し宇宙と自身の命に恍惚し音楽の絶頂とともにもう終わりにしていいと思い死んだのかもしれない。わたしの生涯の最後の日々に、まだ幼稚園児でしかないのに「ハルコー　ハルコー」と母親にせがむしかなかった彼の寂しい笑い顔が過《よ》ぎって行く。彼とわたしはこの世界で奇蹟のように友であったのだ…………。

……………ああ、わたしは今、とてもしずかな音楽とともにある、わたしという命の現象は神秘的な音楽とともにある、スクリャービンの黒ミサや白ミサの無旋律の音楽とともにある、いつしか暗黒のわたしは無旋律の音楽となり無旋律の音楽はわたし自身となる、わたしはいつしか青い透明な音の舞踏となりそれらの青い透明な音の舞踏はいつしかわたし自身となる、わたしの魂は転落し破滅してゆく人生の軌跡の中でピアニシモに聴いていた、快楽に酔う無数の人間たちと暗黒の宇宙の響き合いを、生きとし生けるものの生きることと死ぬこととの響き合いを、そうしてそれらの歓喜することとそれらの悲嘆することとの響き合いを。ああ、すべては音楽であるのかもしれない、わたしという命の現象は音楽であるかもしれない、わたしの耳元に壊れてしまった失楽園の滅びの時間から、無限の神秘和音がしずかにしずかに奏でられてゆく。

誰にも愛されなかった酔いどれ男のわたしも、遠く幽かにノイズの入り混じった古い時代のレコードを愛したように、あなたを、愛してしまったのです。

○

新聞配達員をやめ販売店を出た時からわたしの人生の真の漂流ははじまった。知り合った仲間すべてと別れわたしはただひとりであった。広く薄昏い世界に一つ置かれた薄昏い水晶のようにわたしは瑕瑾《かきん》のない孤独であった。わたしは東京の郊外にある、吉祥寺という夢の旅路のような名をもつ、長いアーケードの繁華街と迷路の路地裏の商店街をもつ、若き者も老いた者も集い来る街の近傍に、無職のままに住むことになった。そこには繁華街に接し樹林と大きな池と東京の中心街を流れる川の源流となる小さな泉の湧く井の頭の公園があった。わたしは共同炊事場と共同便所のある公園駅前の猫たちのいる狭い路地を入った古い木造アパートの三畳一間で暮らしはじめた。所持しているものは数万円のお金と煎餅布団とからからと鳴る洗面具と少しの衣服であった。わたしはついに一つの虚飾もない、一つの束縛もない、わたし自身となっていった。

わたしには充分に若い肉体があった。ただそれだけがあった。新聞配達による毎日の団地の階段の上り下りで全身は引き締まり僅かの贅肉もない。この頑健な躰が維持される限り何をやっても生きていける。食うことへの不安は何一つなかった。肉体を酷使し日銭を稼ぐことは何一つ厭わなかった。しかしいったい何になるべきなのか自分のなるべきものが何処にも見つからない、人生において自分が本当に果たすべき役割を見つけられなかった。二十歳の春から夏の日々、秋の日々、そして冬の日々、その冬が極まり、地球が遥かに燃え盛る太陽の周囲を一巡りし、六十億分の一に過ぎないこの卑小の命が二十一歳となる春の日々、焦燥と孤独だけが貪婪に肥満し過ぎていった。わたしは誰ともコトバを交わすことのない短期の肉体労働で日々を食い繋ぎ、残余の時間を人々で雑踏する街や木立深い公園を独り言をいい歩くようになっていった。わたしは会話する相手を一年の間、誰一人もたなかった。孤独とはまことに辛《つら》いものだと思った。話し相手を一人ももたないで人間は十年生きていられるのだろうか、きっとたいがいの者は気がふれてしまうだろうと思った。人間精神の澄明な水の記憶に触れるように読みつづけていた古代インドの書物には、熱帯のインドの森にすむ修行者にとって自律された孤独ほどゆたかなものはないというコトバに満ちていた。しかしわたしはそのゆたかな孤独を精神に沁み込ませる人間の器ではなかった。

井の頭の森の全面に蟬時雨の降りしきる音楽のはじまった二十一歳の盛夏の日々、雑草に朝露の眩しい早朝のまだ涼やかな時を、それら無数の朝露に銀色の鈴の音のような玲瓏の響き合いを視界に見る時を、樹林の公園の中を独り言をいい歩いていて気がつくと、何かの病気に侵された桜の老樹が目のまえに立っていた。幹に極めて醜い瘤のついたかれがわたしに何かを訴えているように感じられた。なぜだかこのわたしに切に救いを求めているように感じられた。わたしは棒のように突っ立ち「あなたは何をそんなに苦しんでいるのですか」と声を出し老樹に向かって問うていた。どうしてもそのような苦しみの声がかれの全身から聴こえて来るように感じられた。その時わたしは天啓のように樹木医になってみたいと思った。そうなればこの樹の苦しみを取り除くことができる、そして人間と話せなくともこの樹と話すことができる、わたしのどうしようもない孤独は病に侵されたこの樹によって癒される、と思った。

しかしながら、わたしは樹木医にはならなかった。

晩夏が溢れる日々に、日雇いの沖仲仕になっていた。

わたしは苦役の人夫になっていた。

荒くれ者や落伍者や逃亡者らの溜り場であった港湾の労働者となり、青春の深い翳を従え幾年を、海の匂いに充ちた場所で過ごすことになった。幼少年期に北国の半島の岬から眺めていた荒海とは違う大都会の吐き出す塵芥に穢された海、しかし湾の水を覗くと想像以上に様々な魚に充たされている海、貨物船などの巨船が常時碇をおろし停泊する海、永い航海の記憶に燦爛する船長やクルー、陸揚げされる世界中の海産物や陸産物、荷運びの数多のフォークリフトが忙《せわ》しなく走り回る埠頭、苦役を強いられる人夫の群れ、天上の太陽の苛烈な輝き。日本中から流れて来て滞留してしまった濃い翳を引きずる男たちが、孤独なわたしの時折の話し相手になっていった。

平日の朝は六時前に起床し顔を洗っただけですぐに井の頭公園駅から山手線の田町駅に向かう。六時四五分には駅に着き海側の街に降りる。わたしの記憶の彼方に失われた街の灰色の家並みが見える。あの街はくすんだ灰色であったのにとても懐かしい。駅前の立ち喰いそば屋で天玉そばを啜りつゆもすべて飲み干し、必ず握り飯二つを食う。田町は港に近接し日々港湾労働のための日雇いを募っている荷役会社の事務所があり、七時過ぎにはここに着きその日の仕事にありつかなければならない。事務所には日々四十人ほどの男たちが集まり大学生らしき青年も幾らか混じっていた。かれらはあまりに過重な労働を一日経験し翌日に大半の者が消え去った。わたしはこれらの労務者の中で毎日来ている者としてもっとも若い男であり、社会の最下層に近接する世界に、何の戸惑いも、何の抵抗感も覚えずに、入っていった。

わたしの滅びの日が近づいた今となっては、あの時代と、あの日々を、深い愛惜とともに思うのだ。

もしかしたら、わたしの精神は、時代に抗《あらが》い、暗く、そして美しく、わたしの若く強靭な肉体は太陽に輝いていたのではなかったのかと。

わたしは、思う。

いつの時代も海での労働は神聖であるがゆえに苛烈であったのだと。それは太陽と海が人間たちに無限の讃歌と豊饒をもたらし、その代償として人間たちの汗に塗れる輝ける肉体の酷使を、時に暗黒の海に沈む死を、要求したのだと。

人夫らは荷役会社のバスでその日割り当てられた港湾、それは月島埠頭であったり、大井埠頭であったり、鳴海埠頭であったり、川崎や鶴見や横浜の埠頭に運ばれていく。わたしは巨船のじかに接岸する埠頭が好きであった。それらの埠頭につくと、外洋船から荷揚げ作業がはじまる。高さ四十メートルの巨大なクレーンが稼働し、船上から現象世界の広大な海を遥々渡って来た荷物を陸に上げる。二本の角をもったフォークリフトがコンクリートの陸の上を動き回り、港湾にひかえる巨大な倉庫にそのまま入っていくものや、魚介類を保存する冷蔵庫のまえに設置されたコンベアーのまえにパレットごと荷物を置く。監督者の吹く笛が埠頭に鳴り響きいっせいに仕事がはじまる。新入りの人夫がパレットに積み上げられた魚などの冷凍食品をコンベアーに際限なく落す。パレットの荷物をつぎつぎと空にしても非情のフォークリフトが際限なく荷物を運んでくる。コンベアーを挟んでベテランの人夫たちが並び運ばれてくる荷物を手際よく選別していく。男たちの陽に焼けた肉体から汗が流れ落ちる。朝にはじまった労働は昼休みまでは一度しか休みを与えられず苦役として延々とつづく。監督者の眼がしなる鞭のように光る。

巨大な冷蔵庫の中での仕事もある。零下二十度以下に設定された冷蔵庫の中に数時間入りっきりで積み荷作業をする。荷役会社から貸与された防寒具を身に付けているが、少しでも怠けると寒さが襲ってくる。笑うべきことにどんなゴロツキであってもここに閉じ込められた者は自分が冷凍される魚の運命に陥らないために一生懸命働かざるをえない。われわれは極寒の強制収容所に押し込まれる者どもに似ていた。真夏だと太陽が熱射している埠頭と冷蔵庫では六十度以上の温度差が生じる。人夫たちは冷蔵庫から解放され外に出た時には灼熱の陽射しを全身に浴びる。着ている防寒具からいっせいに湯気が立ち上がる。

埠頭に並ぶ冷蔵庫につぎつぎに大型トラックが横づけされその荷物の積み降ろし作業もある。時には重さ五十キロを超える外国産の荷物もある。通常の人間の体力を無視した非情な重さである。アフリカやアジアや中南米の熱帯の港で働く暗褐色や黒色の肉体をもつ男たちの汗に塗れ神像のように陽に照り輝き、牛のように荷を背負い歩む姿が浮んでくる。かれらは、太陽の牛である。

大きな埠頭には数多い日雇い人夫のためにつくられたバラックの休憩室があった。ここで男たちは荷役会社から支給される五百円の弁当を喰い昼餐の休憩をとった。わたしはしばらくしてたびたび埠頭で一緒に働くことになった年上の男たちと会話を交えるようになった。かれらは物言わぬ沈黙の牛ではなかった。最近まで上場企業に勤めていたというエリートサラリーマンであった四十前後の話好きな男がいた。彼は帝国ホテルに入るにはネクタイ着用が義務づけされることや、様々な社会の上層のルールを若いわたしに得意げに教えてくれた。しかしなぜ彼がここにいるのか語ることは一度もなかった。まだ三十ほどにしか見えないいつも明るい話題を周囲に提供しているあばた顔の男がいた。彼は忽然と港湾から消えてしまった。われわれは寂しく思った。しかし彼は港湾に建ち並ぶ冷蔵庫会社の事務所に軒並み入り、盗みを働き逃走したのだった。元弁護士という精力に溢れる禿げ頭の男がいた。彼は女とギャンブルに狂い依頼人の金を使い込んでしまい、弁護士資格を取り消されたのだった。一度この男に誘われ田町の駅前の飲み屋街の奥の焼鳥屋で飲んだ。紫紺の夕暮れにざわめきはじめた酒場で男は大いに酒を飲み、魔性の女の官能やギャンブルの興奮を語っていた。気の荒い日雇い人夫には見えない繊細な雰囲気をもつ痩身の男がいた。わたしより四、五歳年上に見えた。彼はわたしに様々な文学の話をしてくれた。ラテンアメリカのガルシア・マルケスや、地中海マルセイユのル・クレジオや、中上健次を読むことを教えてくれた。かれらには神話のように豊饒な闇と光の物語が渦巻いていると昼休みに芥の浮く埠頭の海を見ながら淡々と語っていた。わたしは彼のすすめに従い中上から読んでいった。黄金の詩を感じた。中上が延々と書きつらねた血と時間のうねりが路地という狭くもあり永遠への入り口ともいえる小世界に、圧倒的に、熱情的に、密教的文体による力で氾濫していた。わたしは中上が執拗に書きつらねる黄金のカルマの物語に眩暈を覚えた。借金取りに追われ永らく住所不定となってしまい失踪宣告の要件を満たしている男はそこらにいた。

二人の人間を殺害し指名手配され逃亡していた痩身の男がいた。われわれはそれに気づかずにともに働いていた。ある夏の日、昼休みに警察が休憩室に突如怒濤の如く踏み込み、わたしの隣で弁当を喰っていた、いつも作業用のヘルメットを被った沈黙のその男を連行して行った。男はいつかこの運命の日が来ることを知っていたのかイエス・キリストのように、何も取り乱すことなく、手錠をかけられた。十数年後、彼の死刑が執行されたことを、小さな新聞記事で知った。

ああ、そうであった。あの出来事も、やはり、夏であったと思われる。

人界から吐き出された漂流物により汚されてしまった埠頭の海面に、若い女とおぼしい全裸の死体が浮き上ったことがあった。われわれはコンベアーでの荷分け作業を一時放り出し埠頭の端に立ち並びその異常の光景を見た。おびただしい光とゴミの海にその腐乱しかかった死体は陰部を晒しぽっかりと白く浮いていた。女の髪は長かった。いつも皮肉屋の陰険な目付きをした黒目の異様に大きい中年の男がボソッと言った。

「俺は女と何年もやっていない、やりたい」

立ち並ぶ男たちから、どっと、淫らな、凄惨な、笑いが湧き起っていた。不幸な女の死体はしばらく湾上に浮いていて、ボートでやって来た警察に、回収されていった。

わたしの遠い記憶の舞台に残映している港湾の日々は、不思議なことにいつも太陽が輝いていたように思われる、数年もの永い日々いた筈なのにそれはいつも真夏であったように思われる。わたしのすぐそばにいつもきらめく海が在ったからであろうか、いつも汗に塗れていたからであろうか。港湾労働者であったあの日々は寒さの厳しい冬の日々さえすべて捨象され、記憶が夏の太陽と海に収斂されたのであろうか。

夏の日々に労働の合間に見た太陽と海の圧倒的な輝きはそのもとでの苛烈な労働を点景し、時間が止まり、不滅の翳となった。古代ローマの奴隷のように、或いは熱帯の太陽の牛のように、汗を流し、汗に塗れ、肉体を酷使し、精神を捨て去った肉体が太陽と海に讃歌し、たくさんの日々の記憶がすべて、真夏となっていった。

夕刻、迎えに来た荷役会社のオンボロバスに皆とともに乗り、それは数箇所の埠頭を回り人夫たちを拾い田町の事務所に着く。わたしは弁当代の差し引かれた四千五百円の支払いを受け、たいていは田町駅前の安食堂に入り、これほど旨い料理はあるかと貧しい我が身を感激させてくれたホイコーロー定食をご飯を大盛りにしてもらい食し、電車を乗り継ぎ、大都会の森のほとりにあるアパートへ帰って行った。わたしにはテレビもなく、ラジオもなく、新聞もなかった。電話もなく、友人もなく、恋人もなかった。本も僅かに数冊しかなかった。ただ夜の孤独の時間だけがそのまま残った。港湾での灼熱の肉体労働をやり終えたあとの残り火があった。わたしはぶらぶらと樹の林立する、まん中に大きな池のある、時に都会であるのに幻想的な月光に満たされる井の頭の公園を歩いた。わたしは巡礼のようにひとり池を巡った。抱き合い接吻している若い恋人たちがいた。クラシックギターで「アルハンブラの思い出」を弾いている背の低い白皙の青年がいた。街燈の明りの下で無言劇を演じる陰翳の深い顔立ちをした中年男がいた。かれらは皆月の光を浴び青白く悲しく存在していた。樹林の梢から時折大きな翼をもつ鳥が夜空にバサバサと飛び立った。気が向けば吉祥寺の街まで足を伸ばし、繁華街を歩いた。人恋しくなるとインド音楽を演奏している地下の喫茶店に入っていった。シタールとインドの民族楽器の生演奏の音が店内を充たしていた。髪を伸ばしたヒッピー風の若者らが紫煙を燻らしダージリンティーを飲んでいた。皆瘠せていて脆弱なインテリに見えた。かれらと少しの会話をすることはあったがその仲間に入ることは一度としてなかった。

わたしはただひとり公園を何周も巡りながら、ただひとり人波の絶えない繁華街を当てもなく歩きながら、ただひとりハーモニカを吹きギターを弾き過ぎてしまった時代の反戦歌を歌う若者を見ながら、そうしてただひとりわたしの心象に散乱する幾多の観念を牛のように食べ反芻しながら、夜の時間を行き過ぎていった。

灼熱の太陽と雨の大地の悦びについて

灼熱の太陽と雨の大地の悲しみについて
灼熱の太陽と雨の大地の記憶について

六十億の人類の燦爛と滅亡について
幾億兆の動物と植物の燦爛と滅亡について
神と仏と天国と地獄の燦爛と滅亡について

存在に始まりはあるのですか
存在に終わりはあるのですか
存在がゼロになることはあるのですか

音楽という存在はなぜ神秘なのですか
花という存在はなぜ神秘なのですか
女という存在はなぜ神秘なのですか

この闇に意味はあるのですか
この光に意味はあるのですか
このわたしに意味はあるのですか

わたしはなぜ他者を食わねばならないのですか
生命はなぜ犠牲がなければならないのですか
わたしはなぜ死とともに消えるのですか

存在に始まりはない
存在に終わりはない
存在は流れ流れ流れてゆく

悲嘆
愛
記憶

「永遠」

そうだ！

わたしは耳を澄まして聴いていた
地上と宇宙の響き合いを
夜と昼の響き合いを
生と死の響き合いを
太陽と海の響き合いを
そうして、崇高と悲惨の響き合いを！

わたしは、いつか、発狂するのですか？

○

わたしは港湾の人夫たちのうちで格段に若かったために、監督者らに新しい仕事にも適応できるという印象を与えていた、本当は単純な機械の操作もろくにできない男であったのに。ある日フォークリフトを運転しろと鋭い眼をもつ現場監督から言い渡された。わたしは力仕事の合間に強制的にフォークリフトの練習をさせられ、漸くにして軽快に旋回することも二本の角を上手に使いこなすこともできるようになった。わたしは人生において初めて僅少の技能を身につけた。うれしかった。

それから、港湾の日々が、幾年か流れていった。

大洋の涯から幾多の巨船が埠頭に着き、船荷の全てを降ろし、新たな荷物を積み、又世界の涯に汽笛とともに出航して行った。ここが全ての終着駅であり、ここが全ての始発駅であった。天空の陽が港湾の全ての建造物に、全ての船に、全ての貧しい人夫たちに、捨てられた凍った魚たちに、等しく等しくふりそそがれた。地上を襲う時折の驟雨が、或いは激しい雷雨が、港湾の全ての建造物を、全ての船を、全ての貧しい人夫たちを、捨てられた凍った魚たちを、雨の讃歌のように、等しく等しく銀色に濡らしていった。消し去ることのできない重苦しい過去の記憶に束縛された男たちが港湾に流れ入り、しばらく滞留し、流れ去った。

わたしは会社づとめの勤勉なサラリーマンのように日雇いをつづけていた。冷蔵庫会社が正規の社員として雇うことを考えていると現場監督が匂わしはじめた頃、目のつり上がった、見るからに筋肉質の男が、新入りの日雇い人夫として埠頭にやって来た。彼の四肢からは、不穏な、暴力的な、狂的な、匂いが発散されていた。彼はそれから毎日、わたしと同じ現場に派遣され、苛烈な肉体労働に勤しんでいた。愚かな彼は港湾の日雇い人夫たちに、自分は元プロボクサーであり、後楽園で試合をした栄光の時代があり、前職は有名な政治家のボディーガードであったことを自慢した。

そしてある日、冷凍された魚が箱詰めされた二台のコンテナトラックが同時に入り、それを降ろす作業に二人でとりかかることを現場監督から命じられた。港湾の規則に従いヘルメットを被っている彼が提案した。

「アンちゃん、俺と競争をしようじゃねえか。勝った方が缶ビール一本おごりだ」

わたしは無言で頷き承諾した。われわれは同じ数量の木箱が積み込まれているコンテナに手鈎を持って乗り込んで同時に積み下ろし作業を開始した。わたしはこんな瑣細な競争でも負けたくないと思った。港湾での先輩としての意地があった。わたしは数年間かけ身につけた技量でたくみに手鈎を使い、つぎつぎに凍った木箱にひっかけ手繰り寄せパレットに積み上げ、コンテナの外で待ち構えているフォークリフトに引き渡していった。一台のコンテナは瞬く間に空になり、仕事を完了した。わたしは威勢よくコンテナから飛び降り、彼が敗北したことを分らせるために彼のコンテナに乗り込んだ。

「俺の仕事は終った。ビールはいらない」

自己の体力に絶対の自信をもっていた彼は、はなはだプライドを傷つけられた様子であった。わたしは嘲笑を堪《こら》えさっさとコンテナを降りた。

翌日の昼休み、人夫たちと共に休憩室にいたわたしは、彼から冷蔵庫の広い作業場に呼び出された。休憩中でもしっかりとヘルメットを被ったままでいる愚者の彼が言った。

「おまえは生意気だ」

わたしは無表情でいた。脅しのコトバを完全に無視されている彼がイラつき出したことがわかった。彼の顔がみるみる紅潮し、目が更につり上がり、顔の筋肉がヒクヒク痙攣しはじめたのがわかった。ボクシングで頭を殴られ過ぎたのであろう、こいつは狂っていると思った。

「おまえに焼きを入れてやる」

次の瞬間、くぐもった声とともに彼のパンチがわたしの顔面に炸裂した。すぐに連打が襲った。口が切れ血が流れた。このままだと殺されると思い、本能的にしがみつき組み倒した。二人はごろごろとコンクリートの上を転げ回った。わたしは恐怖を通り越し、全身全霊から怒りが爆発した。これまでの不甲斐ない人生に対する鬱積した怒りが激情となり逆流し荒れ狂った。わたしもこの愚かな男と同様、狂犬であった。否、彼以上に狂犬であった。われわれは二匹の闘犬が喧嘩で咬み合うように転げ回った。彼が怒声を発し、わたしは罵倒のコトバを吐き突けた。わたしの狂気がまさっていた。血だらけの顔で彼の上になった瞬間、無意識に近くに置いてあった手鈎をつかんでいた。彼の目に初めて恐怖が走った。彼のヘルメットは奇蹟的にまだ頭についている。わたしは鼻や口から血を流し、狂憤し、激情は頂点に達し、残忍にも、次の瞬間、ヘルメットも突き破れよと、手鈎を彼の脳天に激しく振り下ろしていた。時間は止った。数秒間の静寂が来た。わたしの人生は終わった。荒くれの人夫たちの声がし、二人を取り囲み、わたしは彼から無理やり引き離された。わたしは狂気の罪人として何人もの男に取り押さえられた。わたしの全身は興奮し、何かを喚き、激しく痙攣していた。彼は口を開くことさえできなかった。しかし頑丈なヘルメットが彼を救っていた。怪我は軽傷であった。この喧嘩の一部始終を見ていた一人の人夫がわたしの行為は最初は正当防衛であったと証言したことで、現場監督は警察沙汰にはしなかった。わたしの顔は腫れ上がったが、鼻の骨が折れることはなかった。われわれは喧嘩両成敗となり、港湾からその場で追放されることになった。出入り禁止の処置がとられることになった。わたしは港湾から灰色の街へ足を引きずり歩いて行った。青春の日々肉体を責め上げるしかなかった沖仲仕という労働を、狂気の爆発とともに失った。そしてこれが人生最後の暴力となった。わたしの本質には血まみれの修羅が渦巻いていた。しかしこれより生涯、狂った修羅が暴れまわることはなかった。

それから又、東京を漂流した。わたしは東京の底を彷徨い歩く若くして薄汚れてしまった労務者であった、痩身で無精ひげを生やし、洗濯のしていないすり切れたジーンズをはいた労務者であった。わたしは建設工事現場の日雇作業員となり、ビル建設の現場を渡り歩いた。そしてある年、湿気で不快な永い雨期の終わりの日、雑然とした工事現場を泥水を跳ね上げ歩いていて赤錆びた釘を踏んでしまい、それが足を貫いたことで化膿しまともに歩けなくなった。怪我をしたことで即座に解雇された。わたしは何の補償もないままに三畳一間のアパートに引きこもることになった。

暗鬱な、肉体の灼けつくように暑い、夏の日々であった。三畳の部屋の狭い窓を開け汗をたらたらと流し阿呆のように夏空を眺めるしかなかった。それは入道雲の湧き上がる空であり突き抜けるほどに深い青を湛えていた。あの空は虚無であった。あの虚無は暗黒であった。わたしはこのまま宇宙の青という漆黒を見ながらこの狭い部屋で腐臭を、それは見方を変えれば崇高といえるほどの腐臭を放ち死ぬのだろうかと想像した。そうなればすぐに蛆が湧くだろう。わたしという肉は耐えがたいほどの悪臭を放ち、数多の蛆に化身し、わたしという蛆が腐れ爛れるわたしであった肉を存分に喰らい、やがて数多の銀蠅に化身し、この部屋の窓から飛び去り本能の赴くままに公園や街の腐ったゴミを漁るのだろう、と想像した。それはそれで人間の耀かしい転生ようにも思えた。かつて人であったわたしの肉体は数知れない銀蠅となり、銀蠅の魂を宿し、世界に放散していくのだろう。幾日かして少し歩けるようになると足を引き摺り独り公園を巡り歩いた。わたしの心象風景は銀蠅のぎらぎらする飛翔の幻影から薄明の琥珀の情景に変わっていった。

完全に傷も癒えたある日、本当の旅を、したいと思った。遥かな山波が眺められる何処かの田舎の駅で下車し、そこから癒えた足で歩いて何処までも旅をしたいと思った。もう僅かしか金がなかったのにそう思った。もうこのアパートから出ていこう。新聞販売所から出発した時と同様に、ボストンバックと大きなリュックに生活に必要な品々を詰め込んだ。布団とともに残置物については大家においてて処分してくれるようにと紙に書き、これまでお世話になったお礼も書き、部屋の扉に貼った。その夏も終焉に近づいた八月の晩に、住み慣れたアパートを着古したジーンズとTシャツ姿で出た。わたしはこれから乞食をして放浪するのだろうとぼんやり考えながら、数え切れぬほど独り歩いた公園を最後に巡り、黒いシルエットの樹林と、街燈の明りに仄かに照らされた恋人たちの息づく木のベンチと、パントマイムを演じる人の立つ小さな舞台に無言の別れをいい、そこから吉祥寺に出てアーケード街と路地裏を歩いたのちわたしの愛した街に無言の別れをいい、電車に乗った。とりあえず都心の新宿駅に出てみようと思った。電車に貼られた広告にパブロ・ピカソの展覧会が上野の美術館である旨が告示されていた。ピカソの描いた、若い母親が裸の赤ん坊を膝に抱いた絵の写真であった。赤ん坊は母の膝で無心に戯れている。わたしはなぜかしらその絵に魅かれ、凝《じ》っと見た。その絵には「永遠」が描かれている、永遠という「愛」が描かれている、と思った。なぜだかその絵の美しさに涙が出そうになった。ピカソの悲しみが少しわかったように思った。臨終のベッドで「俺の死を祝って飲んでくれ」と言ったと伝説される、あのゲルニカやジプシーや娼婦らを描いたピカソという巨人の深い深い悲しみが、僅かにわかったように思った。わたしも彼のように人生を生き切りたい。

しばらくして新宿駅に着いた。この駅から方々に行く列車を見た。発着のアナウンスがかまびすしかった。週末の駅はまさに人間でごったがえしていた。発車するどれかの列車に乗って山脈に囲まれた何処かの町に行ってしまうこともできた。しかし頻頻と発着する列車を眺めていてもそれに乗り込むことはできなかった。あれほど地図の旅を愛したのに、本当の旅は、愛せないのかもしれない。この世にわたしを気にかけてくれる者は唯ひとりもいない天涯孤独の身になっているのに旅に流離うマレビトにはなれないのかもしれない。わたしは駅を出て巨大な狂気のような繁華街を深夜まで彷徨った。それから地下街に降り長い地下道を歩いて行った。わたしは地下道の脇に立ち並ぶ段ボールの家々を見た。それまで幾度も異様な異次元の風景として通り過ぎていた。しかしこの夜は違っていた。段ボールの一つ一つがまだ死にきれずに生きようとする、悲しき人間たちの暮らす家に見えた。わたしは立ち止まっていた。今夜はここに泊まろうと思った。もうここに泊るしか行き場所は無いと思った。わたしはついに人間社会の最下層に、到着した。

V

わたしは若くして社会の底の底に沈殿していった。生きることがどうでもよくなっていた。父も母もいない、家族もいない、友人もいない、抱きしめ愛撫する恋人もいない、自分をたよってくれる者も誰もいない、何処まで落ちようと、何処で死のうと、悲しむ者は誰もいない、わたしの得た自由とは結局は段ボールの家に住むことだった。

何も失うもののないことが自由であるということなら、わたしは完全な自由に近づいていた。その夜地下道に捨ててあった先住者が使用し立ち去ったあとの段ボールで家をつくり寝た。わたしが建てた最初で最後の家であった。悲しみはなかった、喜びもなかった。ただ紙の家を見ていて、しばらくここで暮らしてみようと思った。八月の終わりの夜であった。東京という極東アジアの大都市に極めて珍しく濃い霧が街のすみずみにしのび込んで来た夜であった。狂躁の地上の街は終電が出てしまったことで営業している店は、オールナイトの映画館か、深夜喫茶か、オカマのたむろする薄汚れたバーしかない。人の疎らになった繁華街には首に華やかなスカーフを巻いた、女であるかも不分明な街娼が立ち、一人の娼婦が狂女のように笑い男たちを誘っていた。そばを通る酔っ払いが「蜘蛛ノ巣女!」と卑猥な罵りのコトバを投げかける。酔いどれ娼婦が嗤いながら「腐レチンポ!」と罵り返す。しょうもない人間たちの声が深い霧にからめとられ一瞬街に反響し消えてゆく。地下道では段ボールの家々の住人が何人か集まり酒宴がつづいていた。かれらがこの世で生きつづけるには真夜中に酔いつぶれるしかない。霧が意志をもつ生きもののようにその食指をのばし地下道にも侵入して来る。酔いどれ娼婦も腐れ男もオカマ野郎も浮浪者もわたしもみんなみんなこの街に存在している。ここは「永遠」という悲しみのほとりである。なぜだかわたしはいつか港湾のバラックの休憩室に捨て置かれていた、古い時代の文字で印刷された文庫本で読んだ、どん底に行き着くしかなかった者のコトバを、脳髄の襞の闇から、思い出していた。

「すべてのものを失った時、わたしは神を見出した」

わたしは狂ったように氾濫し輝く大都会の底の地下道に、段ボールの紙の家に、終電に乗り遅れた酔っ払いが独りごとを言いいい千鳥足で歩く路上に、ひとり寝ていた。わたしの人生における選ばれた時、我が生涯の記憶に銘刻されるべき、黄金の時であった。自己の死がまぢかに近づいたいまとなれば、我が人生の愛すべき破滅の時であった。破滅とは、その人間の存在が社会的に全く意味を持たない状態になることだとある辞書に書いてあった。地下道の段ボールの家に住む人となったわたしはついにこの人間世界で意味を持たない存在になった。我が魂を寂寥だけが通り過ぎて行った。ふと、わたしの転落してしまったこの社会の底の底より、下はあるのだろうかと考えた。わたしはしばらく思案した。するとこの下にあるのは処刑されるのを待つ死刑囚の独房ではないかと思った。そこにいるかれらは命の他になんにも所有していない。その命もかれらは所有していないも同然である。これが完全無欠の自由であると、わたしはその発見に独り苦笑した。わたしはカップ酒を買って来て地下道で独り飲んだ。月下独酌ではなく、地下独酌であった。すると飲むほどに幾多の感情がこみあげて来た。わたしは独り乾杯した、わたしの紙の家に。わたしは独り乾杯した、わたしがまだ人を殺していないことに。わたしは独り乾杯した、わたしの命の炎がまだ燃え尽きていないことに。生まれながら所持して来たわたしの地図はまだ燃え尽きていない、まだ燃えかすとなっていない、わたしはいつか何かのために本当に燃え尽きることを希い酒を飲んだ。そして孤独の人は地下道の初夜の眠りについた。その夜、神が地下道に降りて来ることはけっしてなかった。マルセリーノの悲しい歌はまだ聴こえては来なかった。酔いどれ天使のレコードはまだ擦りきれてはいなかった。マルセリーノでも酔いどれ天使でもない、人を二度も殺しそこなった経歴をもつに過ぎないわたしは、まだ何も失っていなかった。

新しい日々が、人間として最低の日々が、はじまった。

翌朝、おびただしい靴音の響で目を覚ます。地下道を叩く硬質な音が際限ない民衆の軍隊のように押し寄せ頭にガンガン反響しつづける。眠りつづけることもできず段ボールの家からはい出し、地下道の壁によりかかる。エコーという労務者の友であるタバコに火をつける。わたしの吸うタバコは段々に安くなっていく。一列に並んだ紙の家の住人らはまだ寝ているようだ。わたしはターミナル駅の地下道を足早に通り過ぎる人々を流れる映像のように見る。かれらは皆無言で通り過ぎる。わたしに目を向ける者は誰もいない。皆同じ表情をした「賢いヒト」と呼ばれているホモ・サピエンスたちがその種の存続のために、黙々と、本能に従い毎日の仕事に向かってゆく。わたしはこの朝起きた時から異次元に移行していることを知る。一夜にして世界は変貌し、わたしはこの若さで人類の流れからはじき出されてしまったと悲しみの混じる苦笑いを浮かべ、尻ポケットに触り財布が入っていることを確認しその中の僅少な金を想像する。千円札が三枚に百円硬貨が三個に十円硬貨が三個収まっている。三が三つとはぞろめだ。これがエンジェルナンバーと云うやつか。縁起は悪くない。これらがわたしを通常世界にか細く橋渡しする。午前九時を回ると人波がいちどきに減ってゆく。おびただしい靴音は地上の民衆の騒擾や争乱が遠く去るように引いてゆく。しばらくすると路上生活者たちが紙の家からごそごそと起き出し朝餐をはじめる。昨夜の残りを食う者、簡易コンロで飯を炊く者、朝のうちから酒を飲む者、すでに食事を終え一日を生きるための仕事に出る者、わたしは腹を空かしながら人界の底に沈殿してしまっている破滅者たちを眺めている。かれらは皆泥水のように見える。そういえば英語で泥水は「muddy water《マディー・ウォーター》」だった。以前、人間失格のシモジョウさんが「muddy《マディー・》 water《ウォーター》」はとても美しい響のコトバだと涎を垂らしそうな顔つきで言っていた。しかし人間の泥水は腐って見える。愚考するにこの世は天国も地獄もない。天空と、地上と、地下しかない。わたしは当面人工の照明で薄明るいこの地下で生きるしかない。しかし残飯は漁りたくない。生きるために仕事を探しにいかなければならない。なすすべもなくぼんやりしているうちに又眠くなり、三千三百三十円の夢をうつらうつら見る。地上では太陽が天頂をまわり、街に濃く日の影を曳く午後となる。

　路上生活者といっても地下道にいる住人たちはまだ世の中との正常な接触を完全に失っていない者も僅かにいた。サラリーマンのように身なりのちゃんとしている者、彼は驚くべきごとに紙の家から近くの会社に清潔なワイシャツとネクタイで出勤し、夜には又地下道に帰って来た。インドの路上で生きる聖者のように不滅の思索に生きている者もいた。わたしの記念すべき路上生活初日の午後一時半、ある中年の男が段ボールの家から出てしっかりとした足取りで何処かに向かう。大きな空のリュックを持っていて何かの仕事に行く意志がそのうしろ姿から伝わって来る。この人界の底にある社会に右も左も不案内なわたしにも仕事を見つけることができるかもしれないと期待が働く。男は駅構内への入場券を買う、わたしもなけなしの金で入場券を買う。男はまず新宿駅にある数多いゴミ箱を漁り、週刊のマンガ雑誌をゴミの中から見つけ出し汚れてないことを確認しそれをリュックに入れるが、まだ陽が高いためか収穫物は少ない。男は電車に乗り次の駅に向かい、その駅でも同様にゴミ箱を漁り又次の駅さらに次の駅とこれを繰り返し、その内に数十冊の本がリュックに溜まり、かなりの重さの荷物を牛のように背負い、又新宿駅に帰って来る。

男は駅構内を抜け陽の熱射を浴びた自動車の流れのおびただしい街頭に出て、路上で本を売る角刈り頭の男にマンガ雑誌を渡し、幾ばくかの金を手にする。男はしばらく歩き繁華街を通り抜け住宅街に入り、コンビニで今朝店頭に並んだ新品の弁当を買い、街の奥にある公園に入っていく。公園のベンチで弁当の蓋をあけ旨そうに食い、それまで子どもらが声高に水しぶきをかけあい遊んでいた公園の水道で冷澄な水を存分に飲む。次に男は上半身裸になり贅沢三昧に水を顔や頭髪や身体にかけあげ穢れを落している。男は昼餐と水浴びに満足したのか木陰のベンチに戻り遅い午睡をとる。晩夏の蟬の合唱がそこらじゅうに響き渡っている。かれらの生を最期に完結させるために熱唱が響き渡っている。かれらの声はすぐに来る死を控え生の絶巓の輝きに溢れている。壮大な宇宙の何かの意志さえ感じられる。地面を見ると至る処に蟬の死骸が転がっている。無数の蟻がたかりその肉を鋭い歯で食いちぎっている。ああ、ここには死も満遍無くある。ここは生と死の平安に充ちている。世界は生だけでは成り立たず、無量の死が必要であるらしい。男は大きなプラタナスの樹の下にあるベンチで一時間も眠ったあと、古代ギリシャの哲人のように目覚め、歯の欠けた口を開け大きな欠伸をし、それにつられわたしも欠伸をする。男はしばらく大都会のビルの林立する合間にある公園で、遊具に集まり遊ぶ天真爛漫な子どもらを、天上に広がる青空と積乱雲を、黙って眺めている。男の表情に憂愁はない。わたしも男の真似をして大空を眺めてみる。そのうちに本当はこの蒼穹が生きているのであり、わたし自身や公園やビルや街全体が何億年前の化石のように想えて来る。先程までの蟬の喧噪は静まり化石の街に変貌する。しばらくしてわたしは何億年も時がたったような存在のゆらぎを覚え、化石の街の人々が機械仕掛けの人形のように動き出し悲しみの感覚とともに現実の時間に戻る。又わたしは男に視線を向ける。あの男は罅割れず存在している。生動する卑近な現象世界が視界に顕現する。本当は現実と非現実の境など無いのかもしれない。プラタナスの大きな葉がかすかな風にひらひらゆれ澄明な時間が流れている。鬼ヤンマのようなトンボが神の奇蹟のように繊巧で透明な翼を光りで輝かせ音もなく飛んでいる。わたしはこの世界に驚嘆する。永遠の時が流れている。あまりに永遠的な、永遠の時が流れている。しかし男は自分の周りに生起している事象を冷静に見、いつもどおりこの世界が僅かな速度で少しずつ慎重に変化していることを確認している。そのように想像しているわたしがここにいる。すると男は立ち上がり意志的に駅に向かう。

わたしは男に話しかける。

「あんたの仕事は、一日どれぐらいの稼ぎになるか教えてくれ」

不躾な質問にも男は平然としている。

「三千円ほどだ」

さらに質問する。

「この仕事にはコツはあるか」

男が言う。

「それは自分で知れ。ただ俺のシマを荒らすな。自分のシマを持て」

わたしは男に感謝し、エコーというタバコを一本差し出す。男の顔がゆるむ。百円ライターで火をつけてやり、男と別れる。わたしは本屋の仕事を見つけたことで何とか生きてゆけると少し嬉しくなる。

地下道に住みつき、本屋の仕事で生計を立てるうちに、より稼ぐ方法を知ることになる。大人の読むマンガ雑誌は露天商はあまり買ってくれず、少年向けのマンガ雑誌は買ってくれる。一冊三十円にはなる。少年は僅かの金しかもっていない。それゆえ露天商から買う。わたしはこの稼ぎを貯め、近いうちに簡易コンロを買い、野菜や、即席ラーメンや、米を買い、たまには肉や、魚を買い、段ボールの家で煮炊きをする夢をいだくようになる。人間はどんな環境にも、分相応な、少しの希いをもつことで生きていける。小さな希望は大きな絶望を救うものだと思っている。生きる上でとても大切なことは極く小さな希望をもつことである。
わたしは今、絶望の街のホスピスの居室で、あの極貧の時代をふりかえっている。あの地下道の時代ももうすぐわたしとともに永遠の闇に消えてゆく。わたしのすべての過去は永遠の闇に消えてゆく。わたしはあの時代をどうしても書かなければならない。わたしが地下道に生きていたことを紙の記憶に銘刻するために。

路上生活者の多くがしたように、わたしはレストランや料理屋の残飯を漁ることを一度もしなかった。酒瓶の底に微量に残っているアルコールを集め、それを飲むことも一度もしなかった。路上に落ちているタバコの吸い殻を一度も拾わなかった。落ちるところまで落ちても乞食になることはできなかった。読み捨てられたマンガ雑誌を拾い集め、それを売り生きただけだ。何も盗まず、何も物乞いしなかった。四日仕事をし、三日仕事をしなかった。わたしは地下道の最低の日々を最小限に働き、たくさんの本を読み、たくさんの事柄を想像した。少年の頃地図の旅をしたように、本に触発され想像の旅をした。路上には朝になるとゴミとして種々多様な書物が出された。そこから興味惹かれるものを抜き取り読んでいった。そこには感動すべき人間たちがいた、反吐のでる人間たちもいた。様々な国の神話を読み、様々な国の歴史や文学を読んでいった。人々の絶望の姿を想像し、人々の希望の姿を想像した。もっとも悲惨な戦争の記述から、その戦乱の炎の中から、火の鳥が金色に羽搏くのを想像した。蟻のような小さきものを凝っと見ていて思った、生命のかぎりない神秘は細部に息づいていると。ビルの谷間から無窮の空を眺めていて思った、世界は何かの力で統べられていると。地下道の淡い照明で読み、ビルの谷間の小さな公園の、プラタナスの樹の下にあるベンチで読んだ。わたしは遥か二千五百年前のギリシャの小川のせせらぎを想像し、二千五百年前の古代インドの祇園精舎の涼やかな森の朝を想像し、読んだ。わたしの日々は愛も憎しみもなく、汚穢も熱情もなく、ただひとり、澄明に流れていった。

時折終電も出発してしまった、人々の跫音もやんでしまった真夜中の駅の地下道の紙の家に独り目覚めていて、旅人も、流浪者も、狩人も、誰もいない、ただ風だけが吹き過ぎて行く北極圏の夏の海辺にいるような極めて寂寥とした時間を経験するのだった。もしかしたら「永遠」を旅するとはこのような時間のことなのかもしれない。

ふっと、何億年前の過去生にあった日々のように鼓膜を常に微かに震わしていた海潮音の久遠の轟きを幻聴するのだった。わたしはあの時海辺で這い廻り生きていた何者かであった。ああ、海という途方もない意志が上げ潮になりいつのまにか海面を膨脹させ、人類の連綿とする慾望の営みが築き上げた燦然たる大都会をひたひたととり囲み真夜中の地下道に押し寄せて来る、生命というこの不可思議としかいいようのないものたちを生みつづける海が又わたしに逢いに来る、『おまえはなぜこの地下道の紙の家にいるのか』と深い深い神秘の声でわたしに問いかける。又ある時は地平線に紫紺から黄金の朝焼けがはじまろうとする頃、日の出も日の入りもない地下道でうつらうつらしているうちに、死んだ父と母が目のまえに立った。海を愛した父は潮風になめされた皮膚をもつ厳しい表情で、殊に魂の美しかった母は人を惹き入れてしまう深い瞳でわたしを見ている、かれらは二人並んで沈黙しただわたしを見ている、わたしはかれらの姿にとめどない涙を流している…………。

東京に出て来てからずっと感じていたことがある。ここには食料が溢れかえり、酒が溢れかえり、贅沢が溢れかえっている。女たちの美々しい官能とそれを貪る男たちの享楽が溢れかえり、人間の粗雑なコトバが溢れかえり、権力や衆愚が溢れかえっている。わたしはいつも社会の底から、この地上の騒擾や淫乱やバカ騒ぎを見た。ただ見ているしか能がなかった。これらに参加する能力も意志もたず傲慢に嗤っていた。しかしわたしはこの者たちのバカ騒ぎのおこぼれを貰い生きた。わたしは黙るしかなかった。そしてわたしの想像力はもう一方の極みにある貧困と飢餓の世界を、この地球の上に厳然とある人間同士の殺戮の世界を、同時進行に想像していた。わたしは思った、これが神の絢爛たる世界であると。地上には無数の繁栄があり、無数の飢餓があり、無数の戦争と、無数の淫乱があった。神とは無数の生と死であり、無数の殺戮と淫乱であった。わたしは人間の平等をけっして信じない、この地上は差別の世でしかない、わたしはヒューマン・ライトといわれるものをどうしても理解できなかった。これほどの欺瞞、これほどの人間の傲慢はないと思っていた。わたしは人間であるから、当然のように、魚や、豚や、牛や、鳥や、生きとし生けるものを存分に喰った。これが人間の権利といわれるものの実質であった。ヒューマン・ライトとは人間を除くすべての他者を腹いっぱい食うことであった。もしも人間より遥かに強いものが食物連鎖の頂点に君臨していたならば、そいつらがそいつらの権利を振りかざし人間を喰うのだと思った。人は皆まぎれもない修羅であった。人類の殺戮の宴は人類滅亡の日までつづけるしかない。わたしはある時、こう思った。

「俺は罪滅ぼしがしたい。俺が死んだら、虫や獣よ、存分に俺の肉を喰ってくれ」

こんなことを考え、地下道で眠り、極彩色の歓楽街を歩いて行った。パチンコ屋やキャバレーや劇場のネオンの点滅する狂った光と鼠やゴキブリのちょろちょろする路地裏の闇の中を歩いて行った。闇も、光も、わたしの同伴者であった。孤独も、希望も、わたしの同伴者であった。汚穢も、神聖も、わたしの同伴者であった。ある夜慾情に脳乱し深夜の街に立つ女を抱いたことがあった。女は若くして娼婦に堕ち、その夜は一人の客もなく三時間も立ちつづけたのち、わたしという貧しい浮浪者に幾ばくかの金で至上の快楽の時を与えてくれた。一糸纏わぬ彼女の裸は淫らな神のように美しかった。

夏が過ぎ、秋に入った。コンクリートしかない地下道にも、巨大な宇宙の精密機械が作動するように、季節の変化は乱れなく精確にやって来た。朝晩は徐々に冷え、わたしは秋晴れの早朝街路のゴミ置き場に捨てられていた毛布と布団を見つけ、段ボールの家に持ち込んだ。悲しくもわたしは加速度的に路上生活に慣れていった。

そうだ！

死の闇に消えかかっているわたしの過去から、二つの死を、記そうと思う。

本屋の仕事をしている最中に、駅のプラットホームから男が電車に飛び込む瞬間を目撃した。ホームの端にいた中年の男であった。わたしは彼の全身が醸し出している不穏が遠くから気になっていた。電車が駅に入った瞬間であった。彼の身体はプラットホームを離れ、それはスローモーションの映像のようにプラットホームを離れ線路の上に浮き、その直後に電車に引き千切られ、胴や頭や足はバラバラとなり、鮮血とともに飛び散った。わたしは血塗れの四肢の散乱するその惨劇の場に居つづけることはできなかった。人身事故に混乱する駅員と客の間を抜け、駅の改札を出て、あてもなく見知らぬ街を歩いた。東京の街にしては人通りの少ないくすんだ街であった。わたしの心臓はまだ激しく鼓動していた。わたしは歩きながら何度も嘔吐した。雨滴の極めて細かい雨が街全体を覆っている、雨に濡れ歩くうちにわたしの気は鎮まりあの惨劇は少し遠のいたと思った。それからある事を不思議に思った。あの飛び込んだ男は断末魔の叫びをなぜあげなかったのだろう、絶望が深すぎて飛び込んだ瞬間に死んでいたのだろうか、それともプラットホームから飛び込み身体が宙に浮いた瞬間、全意識を喪失したのだろうか。考えるうちに切断された胴から切断された臓器が飛び出しおびただしい血が流れているさきほどの場面が心象に甦り、わたしは又激しく嘔吐した。蹲って吐いた後又立ち上がり歩いた。わたしは惨劇を希薄にするために歩くしかなかった。すると視界の先に小さな橋があった。何かの救いのようにその橋は架かっていた。橋の上に来た。ペンキが剝げ赤錆びている橋の欄干から下を見ると、都会にしてはあまり汚染されていない運河のような川が流れていた。川底にある石ころにも川藻がついている。数匹の鯉が泳いでいる。わたしはそれらを凝っと見た。それらは何らの悲しみもなく泳いでいる。否、それらは根源的な静かな悦びに満ち泳いでいる。わたしはこの鯉たちを生ぜしめた不可思議の何かについて考え、次に電車に飛び込み身体を千切られてしまった男を生ぜしめた不可思議の何かについて考えた。鯉は永く悦び、人は絶望し死んだ。他人の死であるのに涙が止めどなく流れた。わたしはいつからこんなに他人のために泣くことができるようになったのだろう、わたしはもっと非情であったのではなかったか。するとこんどは脈略なく以前感動したアメリカのある歌の歌詞を思い出した。「釘になるより、ハンマーになったほうがいい」とかれらは大きな翼を広げた鳥が大空を飛んでゆく情景の中で歌っていた。あれはとてもいい歌だった。気がつくと雨は降り止んでいた。雲間から陽が数条射して来た。ああ、美しい、と思った。わたしはいつの日か、雨上がりのくすんだ灰色の街に架かる大きな虹を見たい、その時、わたしは翼をもった鳥となり、街の上から地上の端から端に架かる大きな七色の虹を見たい、と思った。わたしが死んだらわたしの死肉は鳥に喰ってもらいたい、そしたらわたしは空を飛ぶ鳥になれると思った。

焼身自殺の現場に、遭遇したことがある。

その日の本屋の仕事も終え、何もすることもなく、公園で本を読む気にもなれなかった。すでに陽はビルの涯の地平線近くに傾き巨大な高層ビル群に黄昏がせまろうとしている夕刻、繁華街を離れ、古い住宅やアパートが密集する街の道をぶらぶらと歩いていた。わたしは歓楽街のずっと奥にある街なかの公道から入った家々の間に通る細い路地にも勝手に入り、小さな鉢植えが狭い道の端に並べてあったり、数匹の猫がそこでじゃれあい、まだ取り込んでいない男女の下着の洗濯物が干してあったりして、人々の肌身の触れ合ったつましい生活の歓びを我が身に感じながら歩いていた。わたしは故郷にいた頃、わびしい漁村の路地にも、これと同じ平和な風景があったことを思い出し、路地の雑種の猫どもとも皆顔見知りであったことも思い出した。すると突然、玄関戸口にぶつかる衝撃音とともに路地の数メートル先の家から男が炎につつまれ飛び出して来たのであった。ガソリンをかぶり火をつけたのであろう、彼は全身を文字どおり炎で燃やし、路地を炎のランナーとなり走り抜け、公道に出てころげまわり、絶叫し、黒こげとなり、死に果てたのだった。炎として登場した彼は最悪の記憶の一つをわたしの脳髄に刻みつけ死んだ。

わたしはサハラの蠍が自己の無慈悲の行いを深く悔いあらため、大宇宙の暗黒と星団に覆い尽くされる砂漠の無限の夜に、一つの炎となり、叫び声もたてないままじりじりと赤い炎となり、二つのハサミを天上に向け、燃え尽き死ぬほうが単純で美しい、と思った。

人類の都はその名のとおりおびただしい人間の生に満ちている、その表裏としておびただしい人間の死にも満ちている、都市は人間の死に充ち満ちている。しかし狂った人間による白昼の通り魔殺人や、轢死や焼死や異常な死でないかぎり、陽の下から死は一掃され、管理され、ひっそりとおびただしい隠された死を迎えていく。それは鼠や蟻がこの地上に無数に生まれ本能のままに生きそれらが洪水か何かの大氾濫に見舞われ無数に死んでいく、ある種の壮大なうねりのような、ある種の崇高な摂理のような、ある種の巨大な交響詩のような、燦爛たる死のように、人間の死はいかなかった。

○

繁華街の歩行者天国に立つカンバン持ちの仕事もした。人々でごったがえす大歓楽街の歩行者道路の真ん中にカンバンをもち立ちつづけるのである。本屋より安定収入が得られた。しかしただ立ちつづけることに費やすことの著しい時間の苦悩のために、汗水たらし働くことを欲しない路上生活者からさえひどく敬遠されていた。

わたしは雇い主に指定された場所にカンバンを持ち長時間棒のように立ちつづけた。ただそれだけの仕事は人間精神への冒瀆であり拷問であった。しかしすべての人を侮蔑しているような顔つきをした雇い主の酷薄な指示は、わたしがカンバンを持ちピエロのように阿呆な役を演じることではなく、わたしが雇い主から貸与された奇抜な衣装を着、同じ場所に人形のように立ちつづけることだった。人間はある行為に夢中になると時間を忘れることができる。たとえばひたすら走る行為がそれである。汗を流し走りつづけること自体に人間の原始的理想形が燦然と示されている。トラックの荷物の積み降ろしのように眼前に明確な目標がある労働も、それを成し遂げることの達成感があり時間意識もその行為に励むほどに消えてゆく。又文章を綴ってゆくという知的精神的集中を必要とする労働も、それが事務的な文章であれ、芸術的な文章であれ意識を傾注することで時間は瞬く間にたってゆく。文章を書く行為自体に人類だけが獲得しえた精神活動の悲しいまでに孤独の姿がある。因みに人類にとっての究極の精神の時間の一つは、ゴータマ・シッダールタがインドの五月の花々の咲きみだれる官能的夜に、菩提樹の下で覚醒を生じた時、全宇宙に光芒する永劫の時間を一瞬に見渡したことであったと、わたしは思っている。ゴータマ・シッダールタは科学では到達しえない、時間を超越した「永遠」をはっきりと観てしまったのだと、わたしはいまでも思っている。

しかし、カンバン持ちにはどう考えてみても精神や肉体を傾注すべき内容はなく、ただひたすらカンバンの支え役として同じ場所に居つづけるだけであった。行為と呼べる行為は無いに等しく、それゆえ終業時間をひたすら待つしかない。何もせずにただただ時計の針が回るのを待つしかないことが、人間を発狂させる拷問になりえるのである。

愚か者のわたしも時間をどうにかして忘れようとしていたのだった。しかしその思いは逆に作用し歪んだ時空の時計が蛇のように纏いつきわたしの精神を苦しめた。総理大臣の息子であったある文学者が生涯の最後に時間について哲学的・詩的考察を飽くことなく延々と綴った書物の奥に暗喩的に書きつけたように、人間が時を刻む時計を発明したことは人類の最大の不幸を創造したのであり、太陽や月や星の永劫の円環という輝ける時計を体内に組み込ませたのではなく、精巧な機械仕掛けの時間が人類を非情に拘束しはじめたのである。わたしは否応なく時間対策を迫られた。思案するうちに書物の世界しか知らないわたしは、公園のプラタナスの樹の下にある木造のベンチで、陽の熱射する昼下りの午後に読んだ、アルベール・カミュの「異邦人」の中の記述を思い出しそれをまね実践した。あの主人公は刑務所の独房に閉じ込められていて何もすることのない時間をつぶすためにかつて住んでいた部屋のすみずみを思い出すのを日課にした。わたしも数か月前まで住んでいた三畳の部屋のすみずみを思い出してみた。しかしこの試みはすぐに失敗に帰した。わたしの三畳の部屋にあった生活の道具はあまりに貧弱にすぎ幾多の壁のシミにも何の想像も愛着ももっていなかった。わたしのあの部屋での生活は翳も匂いもない虚無であった。わたしはためしに段ボールの家を思い出してみた。そこにはシミさえない。それではと十八年間住んでいた今は誰もいない廃屋となった実家を思い出してみた。そこにはかつてわたしの部屋であった二階に塵やほこりにつつまれながらも豪華な世界地図帳だけが窓から差し込む光に幽かに反応し場違いな宝物のようにある。その一頁一頁の国々はわたしの心象が旅した黄金の記憶である。これを想像上丁寧にめくることで時間を少しは忘却できることを発見したが次第にこの追憶の行為が虚しくなりやめた。わたしには過去の生活のうちにあった愛着物に端を発する追憶は、虚構に飾りつけられた何かにすぎず現実と格闘しないで逃避する我が人生そのものであった。そこでこんどはあの太陽と海と熱に灼かれた砂丘と人間精神の不条理の物語に挿入されているもう一つの話を思い出した。ある男が枯れ木の幹の中に入れられて頭上の空にひらく花を眺めるよりやることがなくなったとしても、その男は毎日を過ごすことができるという話である。こちらの方が雇い主に命じられた所定の位置を動くことのできないわたしの置かれている状況に似ていると思案し、カンバンを持ちながら空を見上げることにした。すると空には美しい花はなく、繁華街に建つおびただしい雑居ビルの窓辺にも美しい花はなかった。この街の人はきっと花を忘れてしまったのだろう。ビルの林立によって狭められた蒼穹を千切れ雲がゆっくりと流れていた。ああ、雲も、旅をしている。時折視界に黒い鳥がゆき過ぎていた。ああ、黒い鳥も、旅をしている。するとどこか時代錯誤の風貌をもった極彩色の飛行船がゆき過ぎて行った。ああ、人間たちも、何処かへ旅をしている。不思議と雲を見ることも鳥を見ることも飛行船を見ることも飽きないものだと思い、頭を空に向けそれらを眺めていると、わたしもいつか本当の旅をしたいと強く思った。百年も、千年も、万年も、旅をしたい。しかし空を見続けることはとても首が疲れてしまうことを知った。カミュは少し嘘をついている。ふとカミュの物語の主人公より視ることの自由がわたしには存分に付与されていることに気づき、こんどは自分の足元の地面を見た。大都会の繁華街の歩行者道路の真ん中にはたして虫は歩いているのだろうかという問題に興味をもち、わたしはじーっと足元を見つづけた。一時間も見つづけたようで少し眩暈がするが一度も蟻やダンゴムシらが足元を横切ることはなかった。わたしは大都会に隠されている驚愕の事実を知った。ここに入り込むと瞬時にグジャッと腹も頭も踏みつぶされ内臓もグチャグチャにされ殺されてしまうかれらにとって、わたしの立っている歩行者天国は真正の地獄であったのだと。かれらは皆この天国といわれる界隈から逃亡してしまったのだ。ここには油が浮いている水溜りから急激に大量発生し、空中に燦《きらめ》き浮遊する一匹の蚊もいない。熱帯の街の人々でごったがえす市場に時折迷い込むといわれるブーゲンビリヤのような官能の青色に輝く蝶もいない。これがまさしく人類の都の姿であった。最後に棒のように立ちながらまっすぐまえを見ることがもっとも飽きず、疲れない方法であると悟り、阿呆のように背筋を伸ばしカンバンを持ち前方を見、いつまでも立ちつづけた。わたしはただの棒であり、カンバンの立て札はわたしの同志である。向うから人々の無限の流れが、大きな交差点の信号の色が変わるのを一定のリズムにして、波のように押し寄せて来た。それらはわたしという人間を完全に無視し、ざわざわざわざわと八百万の神々のように流れて来た。わたしはかれらの顔をひとりひとり見た。ただひたすらかれらの顔を見た。すると最初同じように見えた顔が次第に皆違って見えて来た。かれらの顔はかれらの過去が皆違うように違っていた。わたしは興味本位から殊に憂愁に満ちた顔を見つけ出しそれを凝視し、かれの人生の過去の物語を想像していった。それはひどい物語となった。次にかれの未来の物語を想像していった。それもひどい物語となった。その結果かれの生涯はわたしの身勝手な想像により悲喜劇に塗り込められたものとなった。悲喜劇はかれとともに歩く影となり、かれの生涯の惨澹たる光芒にわたしは酔い痴れていった。わたしは時間を忘却していく

…………………

新年の松の内も過ぎた一月中旬のある日、雇い主の侮蔑趣味から、鈍重な白黒模様の牛の衣装を着、パチンコ店の新装開店のカンバンを持ち立っていた。街は数年先に快楽の絶頂に至るバブルという熱狂の時代の序曲に突入し、不動産や株の取引で儲けた者や、過剰な消費熱の結果生産増となり身入りが良くなった者らが歓楽街に流れ込み溢れようとしていた。わたしは極力時代と関係なしに、しかしその時間の渦の中にカンバンとともに立っていた。百年に一度の浮かれた時代が来るならばわたしという白黒模様の牛はカンバンを掲げ歓楽街を踊り狂っているほうがふさわしかったに違いないが、わたしはいつものとおり棒になり人の流れを見ていただけだった。しかしこ

の日は見ることとの時間に化学変化が生じていた。見ているうちにわたしの視界に歪みが兆し、そのうちに無数の金の鱗のような漣《さざなみ》が立ちはじめ、しまいに歩行者天国の人波が劇的光景へと変貌した。前方からやって来る人の流れがいつしか輝く時の流れとなり、金いろの波頭となり押し寄せ、無表情の人、笑う人、泣く人、しゃべる人、悲しむ人、怒る人、発情する人、祈る人らが、時の奔流となり、パチンコ店の新装開店のカンバンは燦然たる聖なるしるしとなり、わたしは世界の中心に立つ聖なる牛となり、崇高に、愚神のように、立ちつくしているのであった。すると群衆の遠く向うから一人の背の高い彫りの深い長髪の男が歩いて来るのが見えた。なぜだか男の顔や姿は鮮明に見え、その周囲を病める人々が取り巻いている。男は瘠せていて襤褸をまとっているがひとり全身から高貴の光を放射している。盲目の人やあしなえの人らが男の足元に跪き皆つぎつぎと癒されていく。群衆は歓呼していた。神の国は来《きた》る！神の国は来る！　すると場景は変わった。こんどはあの男が刑吏にひかれ重い十字架を背負い歩いていた。群衆は彼の姿を見るために道に立ち並び口々に汚いコトバを投げかけていた。群衆は男を、殺せ！　殺せ！　と叫んでいた。世界は変転極まりない劇場であった。わたしはこれらの過去を、これらの光景を、人間の世の栄光と悲惨を、牛人のように立ちつくし、見ていたのであった。同じ日の落陽であった。わたしはこんどは巨大な河の岸辺に立っていた。ここに無量の人々が、白い人や、黒い人や、黄色い人や、褐色の人らが、病める者の群れや、死に逝く者の群れらが、熱帯雨林の淫雨の中から、砂漠の灼熱の中から、高山の吹雪の中から、都会の貧民窟の中から、世界の果てから、集まっていた。歓びのあまり、人々はこの黄濁して流れる河に入り、その水で全身を清め、その水につかり、その水を讃え、永遠者への敬虔な祈りを捧げていた。巨大な河の流れの中ほどを幾人もの腐乱した蛆の湧いた死体が流れてゆく。それら贅の尽くされた死体を狙い猛禽がぐるぐると飛び廻っている。ここでは死も生も濁も聖も醜も美もすべてのすべてが混淆し、永遠者への崇高な讃歌を歌っている。わたしは瞠目しこれらの光景を見た。すべて「燦《さん》」であった！　世界は巨大な生と死の「燦」であった！　わたしはカンバンを持ち聖なる痴愚のようにそれらの音楽の洪水を浴びていた。わたしは狂っていた。

その夜、想像力の氾濫の果てに襤褸切れとなり仕事を終えた。牛の衣装も脱ぎ、いつもとは違いサングラスをして口元に引きつった笑いの生じている雇い主から、一日の賃金をもらい、極彩色のネオンの点滅する夜の街に出た。何処かに座りたかった。

歓楽街の道が行きつく奥儀の場所には長方形の広場があり、そのまわりは大衆向けの芸術劇場や数多くの映画館、酒場、パチンコ店、風俗店がある。わたしは広場の真ん中にある噴水の池の縁に腰かけた。すると一月の月がビルの谷間からボーンと昇って来るのが見えた。昇る月はわたしを見ている。精神は襤褸切れであるのに依然自意識は過剰であった。わたしは昼間の狂気を思った。わたしの想像する力が制御不能になったことを恐れ、立ちつくすしかないカンバン持ちはもうやめようと思った。わたしはほとほと自分に疲れていた。酒を飲みたいと思った。わたしは広場の周辺にある自動販売機から何個かのカップ酒を買いふたたび広場に戻り噴水の池の縁に腰かけ独り飲みはじめた。月がさらに昇ってゆく。欠けるところのない立派な満月であった。わたしは月を見ながら我が行く末を考え何かやりたいことはないか月光とネオンに照らし出された世界を探してみた。しかし「希望」は何処にも落ちてはいなかった。眼前の世界は明らかに狂乱していた。「ああ、そうだ、俺は詩人になってみたい」と独り声を出し、なぜかしらすっと立ち上がっていた。美しいコトバを、不変のコトバを、紡ぐ詩人になってみたいと思った。しかしすぐにこの思いつきを翻し自嘲していた。わたしはあいかわらず非現実的なことしか考えない阿呆だと独り笑った。じゃあ政治家になってみようかと思った。これだったら少なくとも食えそうだ。路上生活者が政治家になるのは鮮やかな転身でカッコいいではないか。わたしは浮浪者による浮浪者のための浮浪者の国をつくろうと議会で激越に演説するのだろう、その時わたしは絶頂にいて議場から轟々たる非難の嵐が襲うだろう。賞賛よりも罵声がわたしには似合っている。月は又少し昇ってゆく。ああ、月が笑っている。わたしは何処まで孤独になるのだろうか。わたしは月とともに飲んだ。一杯、一杯、又一杯と中国の詩聖が歌うように飲んだ。気分は乗ってきた。するとどうしたわけか少年時代に口ずさんだビートルズの歌を歌いたくなった。最初は小さい声でそしてだんだんに大きな声で歌った。フールオンザヒルやミッシェルやアンドアイラブハーを歌った。フールオンザヒルは何度も歌った。わたしは何処まで生きても丘の上の馬鹿でいいと思い歌った。想像上でアコースティックギターを弾き、ブラックバードを歌うととても気分が楽しくなった。わたしは鎖から解き放たれた黒い鳥であり、闇の中に光をめざして飛んでゆく。レットイットビーを歌った。なすがままになれ、と歌った。わたしの葬式にはぜひこの曲をかけてもらいたいものだと思った。しかし誰がかけてくれるのだろう、誰もいないではないか。インマイライフを歌った。なぜだか少年時代の思い出が、父や母や祖母やきっちゃんらとの安穏な日々の情景が曲を口ずさむほどに甦った。涙が自然に零れ落ちていた。どうして俺はこれほど孤独になってしまったのだろう、俺はいつか孤独のまま死ぬのだろう、それは絶対確実にそうなるのだろう。夜も更けていた。すでに月は中天に来ている、月の青い光がビルの谷間の狭い通路にも差し込んでいる、広場に人は疎らになっている、凍りつくような風が吹き抜けていく、皆家路についたのだろう、ああ、俺はなぜここにいるのだろう、否、俺はどうしてもここに来なければならなかったのだ、それはずっとまえから決まっていたのだ……。広場には街娼がちらほら立ち、深夜の街を流離う男どもを誘っている。何千年たっても彼女らはああやって街で男を誘っているのだろう。それが人間の社会というものなのだろう。わたしはかぎりない悲しみを想像した。それは一匹の野良犬が本能の波うつままに生き、ある時、ふと頭を上げ、空を見上げ、「永遠」を感じる透明な悲しみに似ているのかもしれない。わたしはあらためて彼女らを見た。彼女ら自身がかぎりない悲しみの炎に見えて来た。もう家に帰ろうと思った。わたしの家に帰ろうと思った。あの紙の家に帰ろう、先のことは陽の昇るあした考えよう。

その真夜中の出来事であった。

わたしの孤独の家に、「希望」が、現れた。

Ⅵ

わたしは地下道を歩いている。厳冬期の冷気が地下道までしのび込んでいる。非情の凍える夜電車もすべて終わりターミナル駅は一日の躁状態も静まりひとときの眠りについていている。人通りの絶えた地下道の脇にミニチュアの団地のようにたくさんの段ボールの家が立ち並んでいる。靴音が地下道に冷たく銀色に反響する。数人の男が道の脇に毛布にくるまり座り、繁華街の路地裏から非常な熱意と執心によって掻き集めたウイスキーやらバーボンやら日本酒やら焼酎やらの酒の滴の混合された妖しい液体をこの厳寒の深夜にも飲み交わしている。この連中は汚れる金いろに騒擾騒乱する混合酒でもうすぐ脳と精神をアルコール漬けにし発狂し死んでゆくしかない。わたしはかれらのまえを通る。苛烈な酒に脳を糜爛させたかれらから今夜は冷えるから一杯飲んでいけと混濁した声がかかる。わたしはすでにかれらの一員である。俺はもう存分に飲んでしまったからいいと言い放つ。声が大きく反響し地下道を走ってゆく。

わたしの家は長い地下道の外れにあった。その辺りは路上生活者の新入りの連中の家が立ち並んでいた。視界に我が家が見えた。段ボールの家であっても慣れた目から見るとそれぞれ個性があった。しっかりした作りの家、投げやりな作りの家、少し凝った作りの家など差異があった。わたしの家は何の執着もみられないただそこに在るだけの虚無の家であった。わたしの家は破壊されずにあった。それが虚無の家であっても嬉しかった。この家に守られ今夜も生きていける。わたしは我が家の小さな紙の扉を開けた。するといつもと何かが違う。わたしが死なないためだけにある毛布の中に何かがいる。犬か！　保健所の狩りに追われ辛うじて都市の路上で生きる野良犬が不遜にもわたしの寝床で寝ていると思った。わたしはそいつを蹴散らそうと扉をさらに開けた。地下道を照らす寒々とした灯りが紙の家の内部を照らし出した。違う！　少女だ！　まだ小学生にしか見えない女の子が毛布にくるまり寝ている。脇にリュックがある。少女も扉が開かれたことで目を覚ました。短く切られた髪がぼさぼさになっている。いまだ幼いが意志的な、賢そうな光を湛えた少女の瞳がわたしを見た。わたしは眼前の状況が全く理解できない。完全にうろたえていた。数瞬の沈黙ののち、わたしは言った。

「君はだれ？」

「わたしはミーナ」

バタ臭い名だと思った。

「君はどうしてここで寝ているの？」

「遅くなっても、だれも帰ってこなかったから。ここに毛布があったから。ごめんなさい」

そう言い終わると少女は毛布から抜け出し、わたしから逃げようとした。わたしは少女の腕をつかんだ。とても華奢な腕だ。

「どこか、行くあてがあるの？」

「ない」

「今夜は凍える夜だ。外にいたら死んでしまう。ここにいなさい」

少女が黙ってわたしを見つめている。顔立ちの美しい子だ。少女は言った。

「ここはオジさんの家よ。ミーナの家じゃない。だからミーナはここにいれない」

「そうだ、ここは俺の家だ。だから君もここで寝ていい」

少女がわたしを見つめた。

「オジさんはいい人？」

「少なくとも悪い人ではないと思っている」

二人の間に少しの沈黙があった。少女の表情から緊張がとれて来た。

「君の歳はいくつ？」

「十一」

「家出して来たの？」

「ちがう」

「じゃあ、お父さんとお母さんは？」

「お父さんはよその女といなくなった。お母さんは気が狂っていなくなった」

「するとどうやって生きて来たの？」

「食べ物をもらって生きてきた」

「ひとりで？」

「うん」

「どこに泊っていたの？」

「橋の下や、駅の中」

もしもどんなに愚かな人間にもその生涯に必ず一度は運命の出逢いというものがあるとするならば、わたしにとってのそれはまさしくこの少女であった。少女は凍える地下道の夜にあまりに唐突にわたしのまえに現われ、わたしを完全にうろたえさせ、わたしは少女が受け入れざるをえなかった過酷な運命に往復ビンタをくらったのである。百年に一度の虚構の富に酔う熱狂の時代に入ろうとするこの国においてこの子は仲間一人いない絶対に孤独な子どものホームレスであった。わたしは人間の愛慾の生みだした悲しき物語から登場した少女と、凍れる夜に、地下道の紙の家で、何の用意もなしに手ぶらで遭遇した。おそらくこの国にたったひとりしかいない少女のホームレスと。マッチ売りの少女がどうしようもないその悲しみの情景において完全な悲劇であったように、この少女はその背負った重い十字架において、人間悲劇の傑作であった。

ミーナの物語はこうであった。

少女の一家は三人家族でアパート住まいであり父は信用金庫に勤める男であったが一年ほどまえに同じ職場の若い女性行員と突然失踪してしまう。父は妻子に別れの手紙だけを残し、僅かのお金しか残さず忽然と消えた。母はスーパーのパートのレジ係りとして収入を得ていたが、父の失踪直後から精神に異常を来たしはじめ、数か月後、勤めを解雇される。その後は住んでいたアパートも家賃が払えなくなり追い出されてしまう。

親類縁者もなく生活能力もない母子はいとも簡単に路上生活者に転落していく。普通の家に住むこととブルーシートの家に住むこととは紙一重の差でしかない。人間はいつでも恒常的につづくと思われる日常から転落することができる。強固に見える日々はふいに紙を引き裂くようにたやすく破棄されるのである。平穏無事なサラリーマンが何かの原因によって失職し、家族を捨て失踪し段ボールの家に住むことになるように、運命の陥穽は男であれ、女であれ、老人であれ、子どもであれ、ある晴れた日のいつもの道の途上に、ぽっかりと暗黒の口を開けているのである。

二人はボストンバックとリュックサックに衣類等の生活に必要な物を詰め込み街をさ迷うことになる。母は夫を奪っていった女の幻影に苦しめられ憎悪をむき出しにして何処に行くあてもなく街を歩いてゆく。ミーナはそんな母をなぐさめ、時には道化となりあのリア王の旅路のようにともに歩いてゆく。二人は街を流離うちにある橋の下の空き家になっていた雨露の凌げるブルーシートの家に住み着くことになる。家のまえには大きな河が流れその先には光る海が見えていたという。二人は何もせず沈黙のまま時を忘れ海という茫漠とした存在を眺めていたという。

橋の下の夜になる。ミーナは河に架かる永い橋を渡り、街に出て、飲食店の裏口へ食べ物をもらいにいく。ミーナが「父は死んでしまい、母は病気で働くことができない」と訴えると、人々は古い時代の悲しい物語から抜け出たような少女に同情し、食べることに困ることはなかった。

そのうちに橋の下に少女のホームレスがいるとの噂が場末の街に立った。時折福祉関係者や近所の交番の巡査がシートを覗くことになったが、狂っている母がこれらを追い払った。ミーナは橋の下の生活にもすぐに適応していく。学校に行かないことにも慣れてしまい偏屈者だらけの橋の下の生活者たちとも会話するようになる。ミーナの日々はそのように過ぎていった。

しかし、母子に永遠の別れの夜が来る。

ミーナがいつもどおり永い橋を渡り東南アジア人の出稼ぎ者の多くいる繁華街の裏通りに食べ物を貰いに行って帰ると、悲しき母は荷物を置き去りにしたまま いなくなっていた。その後一週間は橋の下の家で母の帰りを待っていたが帰って来ることはなかった。母は狂ったまま何処かを歩きつづけているのか、河の深みにはまり暗黒の夜の海に運ばれてしまったのか、それは誰にもわからない。ミーナはこの世界にただひとり置き去りにされた。ミーナはひとり泣いた。しかし現実は何も変わらないことを知った。彼女は十一歳にして運命を受容した。

この頃には巡査らが頻繁にブルーシートを訪れた。ミーナは学校にずっと行っていないので補導されると思い隠れた。彼女は夕暮れに橋の上に立った。こんどは夜にいつも眺めていた大きな高層ビルの林立する輝く街の下に住んでみよう、あそこだったらもっと生きやすいかもしれない。時は十二月になっていた。街路樹の銀杏の葉もあらかた落ち、厳しいたった独りの冬がはじまろうとしていた。彼女は駅の改札を無賃乗車ですり抜け、リュックサックを背負い自分愛用の青い鳥のぬいぐるみと一緒にこの街に来た。服装は厚手のセーターと冬をしのぐには貧弱なジャケット、灰色のズボンと薄汚れた運動靴であり、寂しくなると彼女は青い鳥のぬいぐるみに話しかけ、青い鳥は彼女の腹話術によって彼女自身に語りかけた。ちなみにミーナという名は母がつけてくれた愛称であり、本当の名はまだ教えないとわたしに言った。

ミーナとわたしはその夜、一つ屋根の下で、紙の家で、眠った。狭い家でお互いに背を向け眠ったが、ふと目覚めるとわたしは彼女を抱き眠っていた。生きている人間の体温は温かかった。彼女の心臓の鼓動が聴こえるようであった。彼女は安心したように眠っていた。わたしはこの子を愛しいと思った。路上生活をして来たのにいい匂いがした。わたしはこの子をなぜこの真夜中の地下道で抱いているのか不思議であった。とてもとてもそれが不思議であった。これが縁というものであろう、この子とわたしは人間世界に無数の糸が縺れ合っている中で宿命的に一夜出逢ってしまった二本の糸であるのだろう、と思った。わたしは今、奇蹟の糸と触れ合っている、しばらくはこの子と一緒にいたい、と思った。しかし、すぐにこんな幼い子を冬の地下道に置くことはできない、それは罪である、と思った。朝になったら警察に連れて行って保護してもらおう、そうすれば何処かの孤児院が引き取ってくれるだろう…………わたしの狂乱と奇蹟の一日はやっと終わっていた。わたしはようやく深い眠りに落ちていった。

地下道であるため紙の家が壮麗な朝陽を浴びることはない。核戦争でも勃発して地上にある街がすべて破壊し尽くされ消えうせてしまうまで太陽光は一条すら差してこない。人々の鳴らす無数の跫音の波の強弱が時刻を告げる。わたしは翌朝、大波の去った午前十時に目覚める。ミーナはすでに昨晩貰ったパンを食べたという。熱いスープなどなくただ水を飲んだという。わたしは簡易コンロでお湯を沸かしスープをつくりミーナにも与え、残っていた食糧を食べる。ミーナは温かい食事に飢えている。…………わたしの回想は今、ミーナとともに生きたあの時代にある。あの日々の彼女の記憶とともにわたしの命の鼓動は搏っている。わたしのただ一度の人生の中心であったような遠い記憶の世界で彼女が不思議そうにわたしを見ている。彼女がわたしに話しかける。

「オジさんはどうしてちゃんとした仕事をしないの?」

真夜中の遭遇時とは違い二人の立場は逆転し、こんどはわたしが質問を受ける。

「何もかもどうでもよくなったからだ。ところで俺はオジさんと呼ばれる歳じゃない。俺はノロエイイチという名前だ。ノロさんとでも呼んでくれ」

「わかった。じゃあ、エイイチさんにする。エイイチさんはどうして仕事がどうでもよくなったの?」

少女にエイイチさんと呼ばれてわたしは内心ドキッとする。

「やりたい仕事が見つからないからだ」

わたしが仏頂面で答える。彼女は不可解な顔つきでわたしを見ている。わたしは内心なんて可愛い子だと思っている。この子は将来、美人になる。

「ふ〜ん、じゃあ、毎日働いている人はみんなやりたい仕事があるから働いているの?」

彼女には質問癖があった。

「いや、たいがいは生活するためだけに働いている。俺も生活するためだけは働いている。本屋やカンバン持ちをしている」

「ふ〜ん、そうか、エイイチさんも働いている人なんだ。じゃあ、どうして紙の家にすんでいるの？」

彼女は大きな瞳でわたしを見つめ、鋭い質問をしてきた。

「ミーナ、俺はもっともお金のかからない生き方をしているだけだ。言ってみれば昔の聖者の生き方だ」

「セイジャって何？」

「聖者というのは清く偉い人のことだ」

「むかしのキョクエライ人は、紙の家に住んでたの？」

「ミーナ。たとえばお釈迦様やイエス・キリストは自分でお金を稼ぐ仕事はしなかったんだ。かれらは家なしだったんだ」

「じゃあ、エイイチさんはオシャカ様やキリスト様より偉いの？　紙の家をもっているもの」

「ミーナ、大人をからかっちゃいけない。お釈迦様やキリストは人を救うすばらしいコトバを持っていた。だから偉かった」

「エイイチさんはステキなコトバをもってないの？」

「ミーナ、残念ながらぜんぜんもっていない」

わたしは彼女との会話が楽しかった。わたしはこの一年まともに人と話していなかった。彼女も狂った母との会話以外に人との会話はほとんどなかった。

「ミーナ、俺はキリストのコトバが、このごろとても好きになった。道で拾ったこの汚れた聖書を読んで知ったんだ。こんなコトバだ。

『幸いなるかな、こころの貧しき者は。天の御国はその人たちのものだから』

このコトバを唱えると気持ちがすごく幸せになる」

彼女もわたしの手にある小さな聖書を見ている。そして言った。

「ミーナにはむずかしくてわからない、でも、とてもステキなひびきがある」

「ミーナ、それを感じられるだけでも君は幸いだと思う。コトバは響を感じることが大切なんだ」

「エイイチさん、ミーナのように貧しい者も、サイワイなの?」

「ミーナも俺もほんとは幸いだと思う」

「どうして?」

「なぜだかわからないがそう思う」

「じゃあ、ミーナは死んだら天国へいける？」

「君は絶対いける。神様が君を放っておかない。ところで俺はこれから何をすればいいと思う？」

すると彼女は少しの躊躇なく言った。

「エイイチさん、それは自分で考えるべきよ。ミーナも自分のことは自分で考える」

「ミーナ、君は将来キツイ女になりそうだね。もっとも俺はそんな女が好きだ」

「エイイチさんは、女の人にもてそうにないね」

「…………………。ところでミーナ。君とは昨夜逢ったばかりなのに残念だけど、君の幸せのために、君を警察に保護してもらおうと思っている」

彼女はこのコトバに即座に反応した。

「いやだ！　ミーナは悪いことは何もしていない。ケイサツになんか行きたくない。そんなんだったらいますぐここを出て行く！」

こう言うやいなや彼女は愛用のリュックにさっさと物を詰め込もうとしている。

「ミーナ、君はなんにも悪いことはしていない。警察が君を暖かい布団や食事のある孤児院に連れて行くだけだ」

「ゼッタイにいや！　ミーナはいちどそこに入れられたことがある。でもみんなにいじめられたので逃げ出した」

　昨夜の彼女は経歴を少し詐称していたのだ。わたしは彼女の明白な拒絶にあい、さてどうしようかと思った。しかたがない、しばらくこの子と一緒にいてそれから考えよう。

「じゃあ、ミーナ、そんなにいやならしょうがない。しばらく俺と一緒にいよう」

「うん」

　彼女にほっとした笑みが零れていた。じつはわたしもこの当面の結論が嬉しかった。わたしはもう少しこの子と一緒にいることができる。わたしは一夜にしてこの子に愛情を抱きはじめていた。

　その日からは、わたしは例の本屋の労働に毎日精を出し、街をぶらぶらせずに早めに地下道の我が家に帰った。わたしに紙の家に帰る目的ができた。虚無の家が希望の家に変貌した。わたしは家を少し広くすることと隙間風が入らないように補修するための段ボールを街から拾ってきてリフォームを終えた。この街では誰しも他人に関心がない。日々見知らぬ人々が多量に入り幾ばくかの金を使い去ってゆく。それゆえミーナは日中は自由に街をほっつき歩くことができた。彼女はひとりウインドーショッピングをし、街の周辺にある複数の図書館に出入りし、暖房の効いた場所で様々な雑誌や本を耽読し、非常な本好きになっていった。彼女は時折大人びたコトバを使いわたしをたじろがせた。

彼女は時々夜に繁華街に出て食糧を調達してきた。わたしには彼女の「労働」は不要であり、こころよくも思わなかったが、彼女が自分のできる生活の役割を果たそうとしているのがわかった。わたしはこれまで一週間に一度しか銭湯に行かなかった。わたしは公園の水道で毎日躰をふいていた。しかし彼女と暮らすようになり、二日に一度二人で行くことにした。夜はコンビニから買って来た材料で温かい食事をつくり、ある日には彼女の努力に酬いるためにしかたなくその調達品を食べることもあった。われわれは歳の離れた仲の良い兄妹のように食事をし、その後は段ボールの家の中で寄り添い、二枚重ねた厚い毛布にくるまり、紙に開けた小さな明りとりから入る淡い光を見ながら、わたしが本で読んだ様々な遠い国の話や、様々な歴史上の旅人の話や、キリストの奇蹟の旅の話や、釈迦の出家から入滅までの永い永い旅の話をした。彼女は瞳を輝かせ、わたしの訥々と語る、幾多の人間の物語を聴いていた。われわれは段ポールの家の中でいつの日か二人で旅に出ることを語り合い、想像上の二人の旅路を語り合った。本当に楽しかった。われわれは疑似家族となっていった。否、本当の家族よりも運命的出逢いによって結ばれた真実の家族となっていった。わたしの深い孤独は癒されていった。彼女の孤独も癒されていったとわたしは信じている。

十日もたたぬうちに彼女は地下道の人気者になった。ある夜、住人のだれかが新品の大量の酒をどこからか持ち帰ったことで、盛大な酒宴が催された。酒の肴も用意された。彼女は声をかけられ、どこからか調達した赤く鮮やかな布を纏い登場し、地下道の照明にフラメンコのダンサーのように舞った。紙の家の住人たちからやんやの歓声と手拍子が湧き起り、通り過ぎる人々も極貧の男たちの中で舞う少女の光景の異様さに立ち止り目を瞠った。わたしは彼女の舞う姿になぜか聖なる娼婦の姿を幻視した。ミーナは浮浪びとのマリアであった。

われわれは夜に抱き合うように眠り、この点において二人は恋人たちにも似ていた。キリストの言う、こころの貧しい人や、悲しむ人や、こころの清い人の幸いを考え、地下道で二人は一つの眠りについた。浮浪びとのマリアとの奇蹟の日々が、静かに、過ぎていった。わたしの生涯の最貧の日々は、幸いであった。

二月に入ろうとする前夜、非常な大雪が大都会を襲った。

「ミーナ、今夜は地下道はとても寒いぞ」

「エイイチさん、二人で抱き合っていればなんとかなるよ」

「そうだな、ミーナ」

わたしはすでにミーナを愛していた。


その夜、人類のカルマが営々とつくり上げた大都会に純白の大量の雪が降りしきった。極寒のシベリヤから荒れ渡る海を越えやって来た圧倒的冷気が永い永い地下道を非情に吹き抜けてゆく。繁華街の路上には酔いどれの街娼さえいない。二人は抱き合い眠った。翌朝、同じ地下道の住人で紙の家に入らず地上の広場で寝てしまった者が雪に埋もれ凍死した。彼はその夜独り雪の降りしきる中、悲歌《エレジー》を高らかに歌いつづけ、酒を飲みつづけ、それから静かに眠り、死んでいった。昔は歌手であった男の自死であった。その人生の終演の舞台は厳冬の大歓楽街の広場であり、他人の生や死に無関心な街をさ迷う浮浪者を除き観客は誰もいなかった。雪のしんしんと降りしきる下で彼は熱唱していたという。彼もひとりの馬鹿であった。わたしとミーナは男の死体を見た。彼は生きたように死んだ。その死に顔は穏やかだった。数日後に又一人死んだ。仕事を捨て最後は残飯を喰って生きた男が反吐を吐き死んでいった。彼も生きたように死んだ。遺体は地下道に落ちていた生ゴミのように救急車が回収していった。

バブルという熱狂の時代の跫音は激しいタップを鳴らし、慾にかられた人々は虚構の繁栄と虚構の価値に浮かれ狂い、札束と酒と官能の宴に酔い、あぶくは地上の都市に沸き立ちはじめた。

Ⅶ

「ミーナ、あしたには地下道から出ていこうと思う」

三月の下旬になった。われわれは久しぶりに外の食堂で食事をした。歓楽街へつづく道は夕暮れの人々の流れがおびただしい。

「あさって段ボールの家は東京都に強制撤去されることになる。これから少し旅をしたいと思っている。それから人生を考え直したい」

「エイイチさん、ひとりでいくの？」

「ちがうよ、君と一緒にだ」

「エイイチさんが人生考なおすじゃまにならないの？　こぶつきだよ」

「ちがうよ、俺は君のためにも、自分のためにも人生を考え直す」

「じゃあ、ミーナもいっしょに人生考えなおす」

二人はほがらかに笑った。

「もう春だ、あしたはすこし南に行ってみようかと思う」

「また、春が来たね」

「ミーナ、君にとってももうすぐ十二度目の春だ。風に吹かれていくか」

「エイイチさん、風にふかれていこう」

「三浦半島を歩いてみようか。あそこは春が満開だ」

「春がまんかいだ！　でも、お金はあるの？」

「なんとかなる。地下道の生活は金があんまりかからなかったから」

わたしは時々遠征し他人のシマまで荒らし、本屋で稼いでいたのだった。すべてミーナのためだった。だから許して欲しい、わたしは彼女が生きるために暖かい服を買ったのだ。翌朝、世話になった段ボールの家を畳み、ゴミに出し、地下道の住人ともお互いの幸運を祈って別れた。年老いた者には簡単に死んではいけないと言って別れた。二人はリュックを背負い、ミーナはリュックに青い鳥のぬいぐるみを括り付け、わたしはボストンバックも持ち、新宿駅の山手線のプラットホームに立った。

「ミーナ、この街とはもうお別れだ。ずいぶん世話になった」

「ほんとに、せわになった」

われわれは並んで街に敬礼した。

「品川まで行って横須賀線に乗り換えよう。半島は黒潮の影響で暖かい」

新しい旅路であった。横須賀線は平日であったが鎌倉へ観光に向かうオバサンらがあたりかまわずぺちゃくちゃ喋っていた。列車は一時間も費やさず鎌倉駅に着いた。

「ミーナ、これから海岸に出ようと思う」

「そうしよう！」

ミーナははちきれるほど快活であった。われわれは春の風に吹かれ、生活道具の詰まった大きなリュックを背負い、ボストンバックは駅のコインロッカーに入れ、わたしはミーナの歩調に合わせ歩いていった。もしもこの日が晴れであったら、二人は野宿することに決めていた。快晴であった。海岸に出るまでの途上、コンビニで食糧の調達をした。二人は大都会のビルの群れや人々の群れや地下道に圧迫された生活から解放され春の浜辺を歩いていった。われわれは人のまばらな浜辺で波と戯れ、それから逗子へ、葉山へ、いろんな話をしながら歩いていった。わたしは何処までも二人で旅をしたいと思い歩いていった。

「ミーナ、もしも紙の家でないほんとの家が持てたらどんな家に住みたい」

「ミーナはダンロのある家に住みたい」

「そうか、暖炉か、金持ちにならないと無理だな」

「エイイチさんはお金もちになれそうなの?」

「さあ、どうかな。あまりお金に関心がないから無理じゃないかな」

「エイイチさんはどんなことにカンシンがあるの?」

「俺は、『時間』とか、『愛』とか、『永遠の命』とか、そんな形のないものにしか関心がない」

「エイイチさん、『時間』は、オルゴールのように巻き戻すことができるの?」

「できない。それは神様でもできない」

「神様でもできないことがあるの？」

「ある。時間を行き来することはできない。死んだ者を生き返らせることもできない」

「じゃあ、『永遠の命』というものはないの？」

「『永遠の命』というものはあると思う」

「どこに？」

「わからない。どこにあるのかわからないけど、どこかにあると思っている」

「どうしてそう思うの？」

「ずぅーとそれがあると信じて生きて来たから。ミーナ、俺の一生はこれをさがすことかもしれない」

「じゃあ、『愛』はあるの？」

「ある」

「どこに？」

「ここにも、そこにも、そこらじゅうに、あると思う」

「え、どこに？」

「ほら、足元を見てごらん。ここにオオイヌノフグリというごく小さい花が咲いている。これは『愛』だと思う」

ミーナも立ち止まり屈んで淡青色の小花を見つめている。そしてこの花がそこらじゅうに咲いていることにも気づく。

「この花は愛なの？」

「これも愛だと思う」

「それはだれの愛なの？」

「それは俺が『無限者』とか『永遠者』と呼んでいるものの愛だと思う」

「それは神様の愛？」

「そのようなものだ」

「人の愛はないの？」

「ある。『幸いなるかな、こころの貧しき者は。天の御国はその人たちのものだから』と言うから。これが人間の愛だと思う。崇高な愛だと思う」

「スウコウな愛って何？」

「すべてをその人の幸いのために捧げることだ」

「ミーナもお母さんにすべてをささげたと思う」

「俺も君にすべてを捧げてみたいと思う時がある」


われわれは午後の陽が傾きはじめた頃、葉山を過ぎ、秋谷《あきや》まで歩いて来た。ここはなだらかな丘陵が海にせまり、丘の上を見ると別荘が建ち並び、さらに上の斜面は黄色に彩られている。二人はこの丘に登ってゆくことにした。丘の上で野宿することにした。黄色は菜の花畑であり、蜜蜂の巣箱が置かれていて、蜂がブンブンうなっていた。われわれは春景色そのものの中に入っていた。

「ミーナ、菜の花畑を見ていると『転地養蜂』のことを考えるんだ」

「エイイチさん、テンチヨウホウって何?」

「これは日本独特の蜂蜜をとる方法なんだ。日本は南北に長い列島であることはミーナにも教えたね。蜂蜜は花の蜜を蜂がせっせと集めたものだが、蜂蜜業者は日本が南北に長いことを利用し、まず春が最初に訪れる九州の鹿児島の南端から色んな花の蜜を追って北へ向かっていくんだ。ここには開聞岳《かいもんだけ》という小さな富士山のような山が優美に聳えていて、そのふもとはお花畑になっている。転地養蜂業者はまずここにトラックで蜜蜂の住む箱とともに移動する。ここの蜜を採り終えると次のお花畑に移動していく。菜の花やレンゲやアカシヤやそばやヒマワリなどの蜜を蜜蜂を放つことで収穫し、北の北海道で毎年旅を終えることになるんだ。つまり花の開花とともに一年の大半を移動していく。花を求めて旅する仕事だ」

「ミーナはビンボウでもそんな旅がしてみたい」

ミーナは旅に憧れる少女であった。

「しかし、この仕事をする人は年々減っているんだ。どうしてかというと花を求める旅の日々だから何か月も家に帰れない。家族と離れて暮らさなければならない孤独な仕事だからだ。ジプシーのような生活はつらいものなんだ」

「ジプシーって何?」

「ジプシーっていうのは、家を持たない旅芸人たちのことだ。かれらは音楽や踊りでお金をもらい旅をするんだ」

「ふ〜ん、ミーナが踊りをおどってエイイチさんがバイオリンを弾いてジプシーになろうか」

「ミーナ、俺は楽器はなんにもできないから旅芸人は無理だ」

ミーナはわたしの少しまえに出て振り返り澄んだ瞳でわたしを見る。もうすぐ十二歳になろうとする美しい孤児の少女は春の陽光の中にある。わたしはいつかミーナに素敵な服を着せてあげたい。

「ミーナ、転地養蜂についてはある目的があって調べたんだ」

「ふ〜ん」

「俺はある物語を思いついたんだ。転地養蜂業者の独身の男が春にトラックで九州の南の端に向かうんだ」

「お嫁さんはいないの？」

「いない、かれらには嫁さんの来手はめったなことではない」

「ふ〜ん、エイイチさんみたい」

「ミーナ、君はあいかわらずきついな。ただきつい女は必ずきれいになる」

「エイイチさん、きつい女の人にふられたの？」

「それもある」

「ミーナは大きくなったらエイイチさんのお嫁さんになってあげてもいいよ」

女の子は口が達者である。ミーナは嬉しいことを言ってくれる。

「その転地養蜂業者の男は旅の途中、若い女をトラックに乗せることになる。道を一人歩いている若い女が手を振り乗せて欲しいといったからだ。男は女とともに旅をすることとなる」

「ふ〜ん、尻の軽い女ね」

「ミーナ、君はまだ子どもなのにそんなコトバも知っているのか。女の子というのはませているものだ。若い女はヒッチハイカーといって通りがかりの車にただで乗せてもらって旅をする連中のことさ。長旅をするトラックの運転手も話し相手になってもらえるので退屈な旅を癒すことができるんだ」

「それでお話はどうなるの？」

「女は乗せてくれたお礼に最初のお花畑に行って男の仕事を手伝うことになる。そしてだんだん男の誠実さと仕事に魅かれていく。蜜蜂の神秘的な習性にもね」

「シンピテキ？」

「ミーナ、そうなんだ。たとえば蜜蜂のダンスというものがある。蜜蜂がお花畑をみつけて巣箱に戻ってくると巣箱の上で何千何万もいる蜜蜂の群衆のまえでダンスを踊り、蜜のありかを教えるというんだ。蜜蜂たちの熱狂が見えるようだ」

「ミツバチはダンサーなんだ」

「そうなんだ。俺はこのダンスする光景を想像すると、『地獄の黙示録』という映画を思い出してしまう。戦場を慰問した一人の女のダンサーが殺戮にあけくれる兵士の群衆をまえにして檀上に上がり、腰を振ってセクシーなダンスを踊る光景を思い出してしまう」

「エイイチさんはエッチなのね」

「……。ミーナ、官能と地獄は紙一重ということだ。官能と天国も紙一重だが。ところで話のつづきだが、結局この二人は一緒にお花畑を求めて旅する間に恋に落ちていく。そして最後は夏の北海道の広大なひまわり畑でこの物語は突然に終わることになる」

「二人はひまわり畑で結婚するの？」

「違う。ひまわりが一面に咲き誇る中で、二人の愛が絶頂に達し、そこで時間が止まり、女が死んでしまう」

「なんで女の人は死んでしまうの？」

「死ぬことでしかこの物語は美しく終わらなかったからだ」

「どうして、死んだら悲しいだけじゃない」

「二人の愛を『永遠』にしたかったからだ」

「『永遠』はザンコクで悲しいものなの？」

「そうだと思う」

「どうしてエイイチさんは、その物語を書こうと思ったの？」

「美しいものが欲しかったからだ」

「どうして愛する人が死ぬことが美しいの？」

「人は死ぬことによって皆美しくなる。物語は悲劇で終わることによって皆美しくなる。俺はそう思って生きてきた」


坂の上に登りきると三浦半島の海岸線と太平洋が眺望され、遥か先に大島が浮かんでいる。眼下の丘の斜面には菜の花畑の下に青い海を臨み白亜の瀟洒な別荘が建ち並んでいる。

「ミーナ、ここは『丘の上の馬鹿』になれそうな場所だ」

「エイイチさん、人は自分のねがいの場所にいつか出合うものよ」

「そうだな、ミーナ。君は十一歳の詩人だね」

丘の上には草原の馬場があり数頭の馬が草を食んでいる。背が高く体格のがっしりした髪も髭も真っ白な初老と見える男が一頭の馬を曳き近づいて来た。海を愛したヘミングウェイのようにも、孤独な哲学者にも見える、深く澄んだ瞳をもった男である。

「あなたがたはどこから来たのかね？」

「東京から来ました」

「どこへ行くのかね？」

「あした、半島を歩いていこうと思います。目的地はありませんが」

「そうか、目的地のない旅か。若いうちはそんな旅はいいものだ」

「ここはいい場所ですね」

「ここは『見晴るかす丘』だ。わたしはそう呼んでいる。夏になるとこの丘の斜面に山百合の花が咲く」

「山百合が咲き競うのですか」

「そうだ、毎年、繰り返し咲く。美しい、不思議な風景だ。ところで今夜はどうなさる」

「今夜はここで野宿しようと思います」

「そうか、野宿しなさるか。寒くなったらわたしの小屋に入りなさい」

「ありがとうございます」


太陽が西の彼方の海に沈んでいった。東の彼方の海から星が静かに煌きはじめた。われわれは丘の上で夕食のしたくをはじめた。二人は夜の到来とともに瞬く間に増えてゆく星の饗宴を眺めたのち、陽の沈むまえに付近の雑木林に入り集めておいた枯枝に火を起し、買ってきた贅沢品のハムを焼き、パンにバターを充分に塗り食した。さんまの缶詰を食し、熱いスープを飲んだ。晩餐はすべてが豪華で、すべてが旨かった。初めて見る星と海と無数の街の灯りの見える半島の壮麗な新世界交響楽に無言になった。この世界の夜の美は二人を圧倒し、二人を無言にした。わたしは丘の上の馬鹿になりきり、百年、彼女とともにここに座っていたいと思った。百年いたらば数え切れないほどの日の出と数え切れないほどの日の入りを見ることができるだろうと思った。数え切れないほどの月の輝きと数え切れないほどの星団の煌きを見ることができるだろうと思った。そして数え切れないほどの雲の流れを見、数え切れないほどの驟雨や雷雨を二人は経験するのだろうと思った。そうだ、驟雨や、雷雨や、雲も、われわれの友であった。日や、月や、星も、われわれの友であった。そして、海や、大地や、風も、われわれの友であった。ふと、歴史にはいったいどんな意味があるのだろうと思った。無数の人々が地上に生を受け、無数の人々が地上をゆき過ぎていった。自己に与えられた生を生きればそれで充分だと思った。わたしはわたしでしかない。これ以上でもこれ以下でもない。地上の権力者たちの興亡も、戦争という殺戮も、海と星の彼方に消え去っていった。すると想像力の視界には刑場となる丘につづく道を十字架を背負い歩く一人の痩せた男が現れた。彼は無限の悲しみを背負い群衆の見つめる道を歩いていた。わたしは無限の悲しみを背負った彼のコトバを信じてみたいと思った。しかし結局信じ切ることはわたしにはできないだろうと思い返した。わたしは愛について考えた。無限の悲しみを味わうことからしか、無限の愛は生まれない、これは昔から言われている真理であるのだろう、しかし、そんな悲しみはけっして味わいたくないと思った。

わたしはミーナを深く愛していた。

二人は百年ここにいても歳はとらないでいたいと思った。否、皺だらけのおじいさんとおばあさんになっても二人してここで小さな食事をしていたい、と思い返した。わたしは「永遠」を思った。毎年夏になればこの丘の斜面に無数の山百合の花が咲き匂って欲しいと思った。そのことが「永遠」というものだと思った。そしてわたしは彼女のために浮浪びとでない普通の人になろうと思った。

「エイイチさん、いま何考えてんの?」

『『永遠』というものを考えてる。ミーナは?」

「お母さんや、お父さんのことを考えてる」

「どこを歩いているんだろうね、二人は。ありがとう、ミーナ、俺といてくれて」

「エイイチさん、今夜は足音を聞かないでねむれるね」

わたしは死をまえにして思う。ミーナという少女と以上のような出逢いと旅を、わたしは確かにしたのだと。

われわれは半島を歩き短い旅を終えた。二人は親子のようにも兄妹のようにも見えた。横浜の繁華街に隣接する簡易宿泊所の密集するドヤ街に宿を得た。二畳の広さしかない部屋であった。わたしは日雇いをつづけながら普通の仕事につくことを思案しはじめた。しかし束縛の強過ぎる会社員は自分には向かないと思った。何か独立できる資格を取ってみようと考えたが、何も思い浮かばなかった。仕事を休んだ日の早朝街をひとりさ迷い歩いていて、平積みの束に纏めて捨ててあった書物の一番上に「ポケット六法」という本があるのが目にとまった。わたしはなぜだかそれに引き寄せられ、紐をほどきずっしりと重いその書物を手にとってみた。そこにはぎっしりと厳格な文字が書かれていた。もしかしたらここには黄金のコトバが記されているかもしれないと思いめくっていた。しかし何処にもそんなコトバは見当たらなかった。わたしはふと、「罪と罰」を思った。人を二度も殺しそこなったわたしは殺人罪はどう書かれているのだろうと思った。わたしは刑法の条文を一条から目で追っていった。そしてついに殺人罪を規定した条文に到達した。

「刑法第一九九条　人ヲ殺シタル者ハ死刑又ハ無期若クハ三年以上ノ懲役ニ処ス」

これは刑務所の独房の扉に刻みつけられるコトバ、旧約聖書の何処かの詩句のような宣告のコトバだと思い、少し感動した。この条文によって死刑を宣告された幾多の犯罪者たちがいたことを思った。なんらの飾りやなんらの感情のない、凝縮され、定義づけられたコトバ。法律には飾りや感情はあってはいけないのだ。コトバの凝縮は人類が数百万年の時を経て到達した叡智そのものなのだ。わたしはこれらを勉強して何かの法律職の資格を取ってみようと思った。人の世を支配しているコトバを理解してみようと思った。わたしは何かの法律職となり生活を維持しミーナと生きていこうと思った。

ミーナにも変化があった。彼女にも勉強してみようという意欲が生じていた。わたしは仕事から帰ると食事のあとに算数や国語を教えたが彼女の理解力は速やかだった。時々彼女の真剣な眼差しを見ているとその表情に少しずつ性の開花が兆していることを知った。もう十二歳になろうとしていた。彼女に初潮が訪れたらどうしようかと思った。

二人の平安な日々は流れていった。わたしは早く普通の人になり裁判所の許可を受け彼女を養子にし、学校にもいかせようと思い、一年で資格を取ることを彼女に約束した。歩く時も食事する時も法律書を読んだ。書かれていることの本質のみ理解しようと努め、わたしの頭脳は法律の条文で充たされ生涯に初めて論理的となっていった。

二人は三週間に一度贅沢をした。これは二人で決めたことであった。簡易宿泊所の集中する街から歩いて少しいけば有名な中華街があり、海沿いの道に洒落たレストランも建ち並んでいる。人の流れと数々のネオンが夕暮れの街に情感を与えている。横浜の街は夕暮れから美しくなる。分不相応ではあったが中華街やイタリヤレストランで食事をし、港近くの繁華街を歩いた。丘の上にある教会から鐘の音が響いているように感じることもあった。わたしの幻聴かもしれないが、鐘の音が永遠の時である今を二人に告げているように思った。街を歩いているとビル・エバンスのピアノ曲が流れてくることもあった。夕暮れになると関内の駅前で黒人のサキソフォン奏者が独り甘美な音楽を演奏していた。二人は立ち止まりこれを聴いていた。

平穏な日々のつづいていたある日、ミーナは突然にこの世界を去ることになった。凍れる夜に、彼女は吐き気と高熱を訴えはじめた。痙攣もはじまっていた。わたしは救急車をすぐに呼んだ。救急車が方々の病院を廻ったが担当医がいない、今患者がいっぱいで対応できないなどの理由でたらい回しにされた。彼女は車の中で苦しみ、最後に受け入れてくれた病院に着いた時には危険な状態であった。そして夜明けの時に彼女は死んでいった。苦しみ抜いた末、最期は穏やかになり死んだ。わたしは彼女の手を握りしめ祈っていた。彼女の眼は崇高な何かを見ているような光を湛え死んでいった。きっと神様に会っていたのだろう。わたしは永遠の別れに慟哭した。死因は流行性脳脊髄膜炎という激烈な病気であった。享年十二歳であった。初潮を迎えた時であった。父と母に捨てられ、最後の一年を孤児として生き、この世界の最下層を生き、食べる物を人にもらって生き、独り重いリュックを背負い生き、そしてわたしという貧しい人間とともに地下道の紙の家や、二畳の部屋で生きた彼女の短い人生が、すべて不幸なものでしかなかったのかどうか、わたしにはわからない。

わたしはただひとり立ち合い、ミーナを火葬に付した。ぽろぽろと涙を落したただひとりで彼女の骨を拾った。彼女の遺骨は唯一の関係人であるわたしが所持することになった。わたしは遺骨となったミーナとともにドヤ街の二畳の部屋に帰り、生きていた時と同じように、彼女に語りかけ、生きていた時と同じように、一つの布団で眠った。

その翌年の早春、わたしはミーナと最後の旅に出た。

骨壺を抱いて鎌倉で下車し、一度二人で歩いた海辺の道を、彼女に話しかけながら歩いていった。できるなら何処までも二人で歩いていきたかったのだ。そしてあの海を望む丘の上に彼女を抱え登っていった。

丘の上に立つとあの旅と同じように濃藍《のうらん》の海が見えた。それからわたしは丘の斜面に彼女の遺灰を撒いていった。涙を流し無言で彼女を撒いていった。もうすぐ菜の花の咲く頃であった。夏にはわたしが一番に愛する山百合の花が咲き匂う丘となるであろう。彼女はこんどは美しい山百合となって毎年この丘の上で海を見ていて欲しいと思った。

彼女と百年一緒にいるわたしの夢は、永遠に、破れてしまったのだから。

Ⅷ

それから三年という時が流れていった。
わたしの心象をたくさんの日々が流れていった。

ミーナとの最後の旅を終え、わたしの精神は破綻に瀕し、どん底に落ち、暗闇に差す一条の光明のような縁から、一年を真言をとなえる仏教寺院にころがり込み、そこで厳しい修行に打ち込むうちに徐々に再生に向かっていった。しかしわたしは真言に救われたのではない、修行という日々繰り返される仕事に全身を注ぎ込みそれが継続されたことで時間が精神を癒してくれたのである。

寺院を出て世間に戻り一年後に一つの法律職の資格を取得した。わたしにとっては港湾のフォークリフトの技能につづき生きていくための手段を獲得した。わたしは自分のためにも他人のためにも生きて行こうと思った。

建設現場の飯場に泊り込み、激しい肉体労働と禁欲で当座の運転資金を貯め、かつて海苔の養殖で栄えた東京の繁華な下町に五坪の事務所を借り受け開業した。わたしは苦しくとも慣れ親しんだ肉体労働から放れ、法律文書を取り扱う職業に入っていった。世間的にみたらばどん底の貧者から這い上がろうとしていたのであり、わたしは初めて自分の名刺というものをもち、初めてスーツというものを着、仕事に行くことになった。わたしは名刺を相手に渡す際の最低限のマナーさえ知らず、ネクタイを結ぶこともできなかった。

わたしが法律職として立っていたのは、バブル絶頂の時代であった。人々が富に熱狂することを許された歴史的虚構の時代であった。これが去ってから振り返れば、「オンリー・イエスタディ」とまで感慨されてしまう熱い時代のど真ん中にわたしはただひとり立っていた。

わたしはあまり労せずして高収入の仕事を得ることになった。一日で日雇いの数か月分の収入を稼ぐことも稀ではなく、土地という不動産はわたしの目のまえでコロコロとその所有権者を変えていった。当時のある裁判官がつぶやくしかなかったように、不動産はけっして不動ではなかった。土地は金に狂った者どもによってころがされ、つぎつぎと黄金を産み、かれらは黄金に酔い、みずからを富を手にすべく生まれた特別な才能ある人間であると錯覚した。わたしは慾に狂った自称青年実業家や不動産業者や金融業者らのために働くことになった。土地の値段は特別な理由なく一週間で倍になることがあった。わたしはその所有権移転登記手続きや銀行の融資の実行による抵当権設定登記手続きなどを代理し、わたしの一言で数億円が売買代金として決済され、わたしは報酬を受領し尻ポケットの財布にはいつも万札が詰まっていた。ある日慾深い不動産業者が七人も介入する五億円の土地売買の代金決済に立ち合っていた。業者らがわたしのことを口ぐちに先生、先生と呼んでいた。わたしはかれらの声と脂ぎった顔つきを見ていて突然嘔吐しそうになり、椅子から立ち上がり退席し、便所に行って吐き、又仕事を続行した。わたしはこんな馬鹿げた異常事態がつづく筈は無いと思いつつわたしの金銭感覚も次第に麻痺していった。

その年の年末の大納会において東京証券取引所の平均株価が最高値を付け、その翌年の初めから大暴落がはじまった。大蔵官僚による銀行への一通の通達によって、巨大なバブルは終に破裂した。数百兆円の価値が僅かのあいだに消え、多くの株も紙くずになった。不動産投資や株式投資に狂奔した者の大半は破産し闇に消えた。百年に一度といわれる札束の乱れ飛ぶ熱狂の時代の崩壊を、その現場のただ中に端役として立ち観ることになった。あれは破滅する人間どもの壮大愚劣な劇場であった。端役は馬鹿のように哄笑していた。しかしその収入も瞬く間に三分の一以下に減少していった。

バブル崩壊後は消費者金融から高額の利子で借金し、首が回らなくなった者からの破産申立てや債務整理の依頼が急増していった。かれらの多くは分相応の暮らしができない者たちであった。せっかく破産宣告と同時に借金棒引きとなる免責決定を得てもその数年後にまた破産状態に陥りふたたび事務所を訪れる者もいた。金を貸す金融業者も非情の悪であった。かれらは一定割合の者が破産することを見越し不当に高額の利子で貸し付け莫大な利益をあげつづけた。しかし最高裁判決によって不当な利子の返還が命じられ続々と過払いの返還訴訟が提起された結果かれらは破滅していった。人間社会は快楽と破滅の巨大なメリーゴーランドのように轟々と光と闇の舞台を巡っていた。

わたしはわたしの生涯の仕事が法律職であったことに結局は感謝している。このことに悔いはない。わたしは熱狂の時代とその崩壊をその渦中で法律職として生きたのであり、その後の出口の見えない低迷の時代も生きつづけたのである。わたしは人々の絶頂と破滅をひとりの法律職として見つづけたのである。若い時代に否定していた人間の権利といわれるものを、それを声高に主張している多くの人権派の人々よりも結果として擁護し得たと思う。それは意志的にではなく、あくまでも結果としてであったが。わたしはヒューマン・ライトという人類だけがもってしまった観念を、後見人の仕事でドブ板の路地を歩きながら、激しく虐待された恍惚の高齢者のコトバにならない苦悩に接しながら、借金取りに追い詰められた人のどんづまりの身の上話を夜の事務所で聴きながら、或いはアパート明渡しの強制執行の断行の修羅場にそれはなぜか白昼の人間喜劇を観るようにその場に立ち会いながら、繰り返し繰り返し反芻し考えつづけていたのである。わたしは宗教者のようにみずから光を他者に与えることはできなかったが、破滅や絶望の淵に立つ人々を少しは光を浴びられる場所に連れていった。

わたしは一度だけ愛慾に溺れたことがある、破滅に瀕したある美しい依頼者と愛慾に落ちたことがあった。

事務職員の帰った夜の事務所で幾度か自己破産の相談に乗るうちの出来事だった。破産宣告の申立てではなぜこのような借金を負うことになったか詳しく書面で陳述しなければならない。わたしは彼女の口から語られる一日に二つの仕事を持たなければならなかった悲惨な境涯を聴きとるうちに、睫毛の長い、男を惹き入れてしまう混血のような深い瞳をもつ彼女に魅惑されていった。彼女が破産宣告と免責決定を受けたのちも二人は逢瀬を重ねていった。わたしはその彼女から人生における官能のほぼすべてを捧げられた。わたしは死をまぢかにしても思っている。女性の官能が人類の源泉であり、それとの歓び合いは素晴らしいものであったと。

わたしの命の旅が又永い永い果てしなく永い沈黙の時間に帰ろうとしている今、わたしにとってただ一度きりであった美しい女性との旅を書いてみようと思う。雨期が長く激しかったある年の真夏に行った、亜熱帯の無人島での、不滅の時間を。わたしの生涯の物語に起承転結というものがあるのならば、ただ一日だけおとずれた、艶やかな「転」の時間を。

小笠原諸島は東京の竹芝桟橋から南南東に千キロ、北赤道海流の北端に浮かぶ島々からなる。諸島の気温は沖縄よりやや高く冬でも小笠原の海では泳ぐことができる。南国の楽園であるにかかわらずこの亜熱帯の島々に向かう船はおがさわら丸一艘しかない。最短でも二十五時間はかかる。この船で朝十時に竹芝桟橋を出航し伊豆諸島を右舷に見て黒潮の巨大な潮流を真夜中に越え遥かに南下すると、小笠原の父島の港に翌日の正午近くに入港する。島々で必要なすべての物資はこの船で運ばれ、島々をおとずれるすべての人々をこの船は乗せてゆく。地球に海が誕生して以来大陸とは一度も繋がることなく大海原のただ中にぽつんぽつんと浮かぶ完全に閉じられた島々、生命の奇蹟としてここに漂着した小動物らが凝縮された懐で特異の進化を遂げるしかなかった場所、数十億年のかくも永き海流の轟き。二見港に入港する船を出迎える人々を眺めているとここは異国ではないかと絢爛たる錯乱を覚える。ヨーロッパという世界の果てから航海し最初に入植した白人種系の人々、それに引き連れられやって来た褐色の肌の色をもった南洋系の人々、第二次世界大戦後アメリカの占領下で入植した色とりどりの賑やかな人々、次第に多数者となっていった黄色い肌をもった日本の人々、数百年の歴史が生み出した美しい混血の人々。

父島に夜がおとずれる。島は大海原のうちに孤絶して在り夜に樹林を通る道を抜け島頂に立つと人類の灯りは絶無となる。幾千億もの星々が天空に瞬き無窮の宇宙を直に観ることができる。永劫を感じることができる。南東の海の涯から夜明けがはじまる。曙光が海面を走る。水平線から朝陽が赫赫《かくかく》と昇りはじめる。沖にはすでに漁船が幾艘も散らばりかれらの生業にかかろうとしている。眠っていた自然が光とともに目覚めいちどきに大海原に解纜《かいらん》する。赤いハイビスカスがその官能的花びらを今日も太陽に犯されようと淫らにかつ優雅に開きはじめる。

父島に上陸し二日目の午後、二人は島の漁師からボートを借り受け、純白の砂浜をもっているという無人島に渡ろうとしたのだった。わたしから二日分の借り賃を受領した南洋系の顔をもった荒くれ者の漁師が無言でわれわれを見送ってくれた。二人は一日分の食糧と飲み水、数本の缶ビールと二本の葡萄酒をボートに積み込み舟出した。われわれは誰もいない二人だけの世界で享楽のかぎりをつくそうと神の島に入ってゆく、人間のいない静寂、過去と現在と未来が渾然一体となり顕現している世界に入ってゆく。

わたしがボートを漕ぎ彼女が数キロ先に見える島を指示する、波は穏やかである、父島の岸辺を離れる際には雲に隠れていた陽が海洋カルスト地形といわれる小島や岩礁が散らばる海域に入った時には群青の海を放縦に照らしている、なにも遮るもののない陽射しが透明度三十メートルといわれる海に光の束となり射し込みその光彩の中を巨大な魚影が過ぎって行く、神の島に近づいていると感じられる、真夏の太陽と沈黙の海、漕ぐ櫂の音、人間はわれわれしかいない、島の南岸にボートが乗り入れることの可能な入口の極めて狭まった湾がある、われわれは古代の海の民のようにこの狭窄の海門を通り湾の中に入ってゆく、なぜかこの世ではないと思えてしまう静寂の世界、昔し観た「猿の惑星」という映画のラストシーンすなわち人類が滅んだのち数万年もたった誰もいない砂浜のシーンを想い出す、湾の色はエメラルドグリーンとなり沈静している、我に返ると永遠自体の発する声のように湾の外から海流の響が聴こえて来る、湾の先にはサンゴの死骸が波という久遠の繰り返しに削られ砂となった純白の浜辺が広がり、その先にはタコの樹と思われる植物の群生が見られる、岩稜からカツオドリという熱帯の海鳥が幾百羽も飛び立ち旋回してはその一羽が急降下して燦《きらめ》く湾の水に飛び込み海面から鮮麗な水しぶきがあがる、ああ、時間が海面に燦爛と耀いている。

真夏の無人島の午後三時であるためか誰もいなくなった砂浜で二人は走り回り戯れたのだった。それからわたしは大胆に彼女に命じたのだった。

「服を、ぜんぶ、脱いで」

彼女はわたしの命令に従い、Tシャツとショートパンツと下着しかない衣服を躊躇なく脱ぎ捨て白い裸をあらわにしてくれたのだった、彼女は束ねていた長い黒髪をほどき、わたしの数メートル前に立っている、欲情による眩暈《めまい》がわたしを襲う、烈しい太陽と海と女とそれを観るわたしだけがこの世界に在る。

ああ、いつか幻に見たような閃々《せんせん》とふりそそがれる夏の光。

わたしも全裸になった、おさえきれないほど激しい動物的欲情がわたしに込み上げ、彼女を我がものにしようと獣性を発する、つかまえようとすると彼女は逃げる、わたしが追いかける、すぐにつかまえ彼女を抱きしめ接吻の雨を彼女の顔に降らす、彼女は口を開きわたしに食べられてしまいそうだという、ふたたび躰を離し白い砂をかけ合いじゃれ合う。

それから性の儀式に入るために二人は手をつなぎエメラルドグリーンの湾の水に入ってお互いの躰を洗う、サンゴの死骸の砂に塗《まみ》れた躰を海水に浸し、お互いが澄明な水しぶきをかけ合う、又砂浜にあがり持参したビニールシートを敷きそこで抱き合い絡み合う、もう時間は止っている、われわれは永遠のうちに閉じ込められている、わたしは海の味のする彼女の全身を思うままに舐めつくし、それから行為が行為を呼び彼女が上になり二人は合体しゆっくりと彼女は中心をうごかし喘ぎながら陶酔してゆく、あまりに美しくあまりに淫らな命とわたしは深くむすばれている、やがて二人は一顆《いっか》の光となり絶頂にのぼってゆく、われわれは一つの生きもの命は官能そのもの魂は崇高そのものとなり、ここで死んでいいと思った瞬間至高の快楽に至り果てる、ただ波の音が鼓膜に響いている………………

性の合歓に疲れた裸体を岩陰によこたえ遅い午睡をとる、不滅の時間の底にあるように島は静寂に沈みそこにいる人間はわたしのみである、彼女も夢の中に侵入して来ない、夢の中を巨大な何かが光につつまれ通り過ぎて行く、わたしはそれを見ている、神を見るような深い畏れを感じる、わたしは夢の中で少年となり泣いている、そして目覚める、ここが何処だかわからない、しばらくして正気にもどりなぜかしら自分の果てしない過去生を想像している自身に気づく、わたしは遥か昔ある星のある丘の上で前方を移ろうて行く何かの美しいものたちを眺めていた、ただこととことと笑い眺めていた、そんな記憶ともつかぬ想像が過ぎって行く。

この小さな無人島の探検に二人ででかける、この島がカツオドリのおびただしい群生地であるということを知る、鳥たちはわれわれを見かけても恐怖もせず驚きもしない、探検ののち砂浜に石の竈《かまど》をつくる、古代の世界に入ったわれわれは燃料となる枯枝を集め晩餐の準備に入る。

やがて荘厳の時間がおとずれる、又昨日と同じように陽の沈む饗宴がはじまる、二人は丘の上に座り肩をよせあい沈黙し永劫に繰り返される夕照を観る、風が吹いているためさほど暑くない、陽が最後の燦爛とともに海に沈んでゆく、ああ、わたしにやっと信じられないほどに音楽の時がおとずれている、わたしの鼓膜にも、魂にも、満ち潮の高い響が聴こえている、永劫の光の波の中に世界は在る、陽と海と空が色彩の交響楽に全身を震わし悦び合っている、数多くのカツオドリが餌を求めつぎつぎと海に急降下する、魚たちがその餌食になって暴れ死ぬ、ああ、豊饒の生命と、豊饒の死が、燦《かがや》きわたっている、生と死の饗宴が繰りひろげられている…………

闇が浜辺に降りるとともに集めた枯枝で火を起しキャンプファイヤーをはじめる、缶ビールでわれわれにおとずれてくれたこの奇蹟の夏の日に乾杯をする、焔が砂浜を照らしている、わたしは少年時代に聴いた新世界交響曲の歌を思い出し歌っている、彼女もそれに和する、新世界交響曲にはノスタルジアがよく似合う、竈に火を移し、熱いコーンスープをつくり、冷凍されていた鳥の腿肉を炙り、たれを塗し、かぶりつき、むさぼり、食べつくす、永い時間をかけて赤葡萄酒と白葡萄酒を存分に飲み交わす、二人はまた裸になり誰もいない砂浜を手をつなぎ歩く、海は満潮の時刻を迎えている、浜辺は昼間よりも狭くなっている、火炎は燃え尽きたが月夜でもないのに闇夜でもない、天上にある宇宙の無数の星明かりによって湾や砂浜が極限に幽かに青白に静まり、世界は異次元に変貌している、神秘にも湾の中央部の海面が少し盛り上がったように周囲の青白さよりもあきらかに明るく青い輝きを発している、あれは名も知れぬ原始的な海洋生物が群れをなして発光しているのかもしれない、ゆらゆらと漂う生き物たちがこの南海の無人島の湾で生の悦びに震え、光を全身に見せているのだ、かれらは今ここに在るという根源的な歓喜に、或いは根源的な恍惚に、それを表現するコトバなしに何十億年も浸っている。

わたしは彼女に言う、

「人はどうしてコトバをつくったのだろう」

彼女が言う、

「きっと、ひとりではさびしかったから」

わたしが言う、

「永遠の命はあるのだろうか」

彼女が言う、

「あの光がそうかもしれない」

それからわれわれはふたたび砂浜で愛し合ったのだった、彼女の言う永遠の命の光のまえで、青白い光の波に犯され神聖な愛を演ずるように、彼女はわたしの行為の、ゆっくりとした、丹念な、かぎりなく深く、やさしい愛撫によって、女としての性の歓喜に達し、悦びのコトバを幾度も発していた…………

朝になる、日の出の時は早い、われわれは丘の上に立ち朝陽を観る、南海の無人島に棲息する幾万羽の鳥たちの叫喚の声があがり、この日初めての漁に飛び立つ、この島にはまだ二人以外の人影はない、われわれはみたび朝陽の黄金の輝きの中で愛し合う、太陽の若い光の中でわれわれは黄金の獣となり、官能的姿態のかぎりをつくし、愛の姿態のかぎりをつくし、燦然たる朝陽の中で絶頂にのぼりわれわれは同時に燃え尽きる。

これは、

「燦《さん》」

ただ、それだけだ。

この短い旅、不滅の宴であった、あの夏の終わった秋に、彼女はわたしから離れていった。皮肉なことに彼女の性を完全に目覚めさせたがゆえに、わたしという何の才能の輝きもない男では役不足となった。わたしは笑うべきことにみずから救った女にすてられ、そののちには阿呆のように酒に溺れていった。

Ⅸ

それから又、月日が流れていった。
わたしの孤独の人生をたくさんのたくさんの日々が流れていった。
それはしずかに腐爛していく破滅に向かうように流れていった。

起伏のない仕事の日々の中でわたしの酒量は夜に極限にまで増えていった。たんたんと確実に廃人になろうとしていた。

わたしは魂を燃やす仕事を見つけられないでいた。多量の飲酒により記憶を失うこともたびたびだった。気がつくと顔から血を流していることもあった。気がつくと見知らぬ女と連れ込み宿の一室で深夜に目覚めたこともあった。気がつくと尻ポケットに入れた札束を歓楽街に立つもっとも醜い女に丸ごと与えて笑っていることもあった。わたしは夜に独りで馬鹿者となり荒れすさんでいた。酒を浴びるほど飲み泥となり眠りアルコール過多による痴呆となる道を突き進んでいた。わたしは泥水であった。それでも仕事だけは維持していた。魂を燃焼させることはなくとも依頼人の権利の文字を一つ一つ記述する日々の精確無比な仕事がわたしの破滅をふせいでくれていた。しかし仕事以外でコトバを交わす者は誰一人いなかった。わたしは無縁であった。このまま行けば孤独死で終わるのは確実であり、わたしの死体は密室の中で腐れつくし終《しま》いに白骨と化し、遺体の引き取り手もない無縁仏になるのだろうと想像し酒を飲んだ。『そうであるならば、もう終わりにしてもいいではないか！』と鉄筋コンクリートのマンションの一室で独り言を大きな声で言ったりした。わたしは死に切れずに生きた。

その頃、酒に溺れつづけるわたしの崩壊しかかった心象の世界に、銀色の鬣《たてがみ》をもった何かの化身のような馬が、草原を颯爽と走る、不思議な光景が幾たびも出現した。わたしは真の破滅に近づきながら、あの走る銀色の馬は何の象徴なのだろうと、ぼんやりと思っていた。

そして救いはやって来たのだった。

それはたったの千八百円でやって来たのだった。

休日に何もやることのないわたしは近くのデパートの中にある大きな書店をぶらつき、そのあとで観たいというものもないのに同じフロアーにある映画館に入ったのだった。わたしは「ブレードランナー」という降りつづく雨と青白く燃える命の情景に深い感銘を受けたアメリカ映画をかなり以前に観て以来映画館には入っていなかった。劇場では「千と千尋の神隠し」という夢幻的なアニメーション映画が上映されていた。「俺はなんでこんな子供向けのアニメを観るのだろう」とぼんやり思いつつも、あの美しい映像の世界に次第に惹き込まれていった。ストーリーは少女が両親とともに遠くの町に自家用車で引っ越す途上で立ち寄った、かつてテーマパークであった廃墟の街に、暗いトンネルを抜け入ってしまうところからはじまっていた。トンネルを抜けることは異次元の世界に入って行くことなのである。その廃墟の街は突然に魑魅魍魎や精霊や八百万の神々のいる街に変貌し、店主もいない街の食堂で一心不乱に豚肉を食いあさっていた両親はその貪欲の罪で豚に変身させられてしまい、独り人間として残された少女は様々な者どもとの関わり合いの中で次第に自律した少女として成長していくという物語であった。わたしは細部まで精緻に描き込まれた絵画的映像美に魅了されながら「ああ、ここには俺の執着した観念のすべてが鏤められている」と思った。

物語は佳境に入っていた。少女を幾度もたすけてくれていた「本当の名前」を魔女によって封印された少年が絶体絶命の窮地に陥ったのを少女の純粋な愛が救った場面であった。呪縛から解放された少年と少女が手をつなぎ空を高らかに飛行するランデブーの場面であった。二人の愛が流露した瞬間であった。その時少年の最後の封印は解かれ、少年は本当の名前を思い出したのであった。少年はかつて少女が川に落ち溺れてゆくのを救った河の神であった。それは異人との愛であった。わたしは廃人になるしかない中年男の筈であるのに、この場面で感動のあまりひとり涙を流していた。

それはしばらくとまることはなかった。その時であった。

「ああ、最後は、『永遠』のかけらを、記してみたい」

魂の底から突き上げて来るこの強烈な感情にわたしは全身をゆだねていた。

わたしは「本当の名前」を、この世界で本当の役割を見つけたのだった。銀色の鬣をもったあの美しい馬が、わたしのまえで歩みを止め、わたしを見た。あの大きな神秘の瞳でわたしを見た。わたしは最後に書くために生まれて来た。そう確信した。わたしは終《つい》に永い永いトンネルを抜け出た。

しかし、なかなかコトバは生まれ出なかった。それを摑み取ることができなかった。わたしはコトバにもがき苦しんでいった。

すでにその頃わたしの死の音楽が体内の奥深くで強くはじまっていた。わたしは五十歳にして食道癌の宣告を受けることになった。酒の飲み過ぎに起因していた。余命は約一年。治癒の可能性は奇蹟を待つしかないという。あとは好きなように生きなさい、と太った医者はたんたんと宣告した。他の病院にも行ったが同様の結果であった。わたしは絶望した。わたしは日に日に夜が怖くなっていった。どうしようもない漆黒の深淵がわたしを待ちかまえ、そこに永久に落下していく恐怖に苛まれた。眠れぬ夜は、誰かわたしの手を握りつづけて欲しい、と切に思った。しかし誰もいる筈はなかった。わたしはこの辛さにひとり泣いた。ひとり泣き通した。しかしいくら泣いてもひとりであった。あの酔いどれの俳人と同じように咳をしてもひとりであり、誰かに話しかけようとしてもひとりであり、いくら泣いてもひとりであった。わたしは絶望の底に、到着した。そしてその底からあの感情が又頭を擡げて来たのだった。それはただひとつの「希望」であった。わたしはコトバを綴りたい。しょうもない人生であったがわたしのコトバの物語を綴りたい。ただ、それだけに生き、死のう。わたしがこの世界に生きた、その証《あかし》のために。わたしという、火花の命のために。

わたしの抱いた観念のうちでもっとも恐れていたことは、わたしが死によって消滅してしまう、ということであった。これをスピリチュアルペインと呼ぶそうである。この恐れ、この痛みをなんらかの思想による確信によって乗り越えたいと欲していた。わたしが「永遠の命」に執着したのはそのためだったのであり、輪廻転生にこだわるのもそのためであった。たしかに生命は生まれて死に又生まれて死に永久にそのすがたを変えていくように自然界の事象を観ていると思われる。しかしわたしという意識はわたしの肉体の死によって消滅することもまちがいないように思われる。魂は肉体とともに生まれ肉体とともに滅びるのである。わたしがある夜異次元から吹きかけられたと錯覚する観念に浸されることで、かりに深山の樹の魂やサハラの蠍の魂と同時に生きていたとしても、このわたしという意識はかれらには生じ得ず、わたしはわたしの肉とともに燃え尽きるのである。灰燼に帰すのである。ではこの事実に救いはあるのか。すべての宗教は魂の死後の存続を前提にしていると思われる。それゆえに宗教という魂の麻薬の極限で、イスラムのテロリストは爆弾を抱え群衆に飛び込み、内臓や四肢を爆発させ、ばらばらにちらばり、果てるのである。かれらにとってその行為が究極の救いであり、神に捧げられた栄光の瞬間なのである。そしてすべての宗教はたとえ地獄に落ちたとしてもいつかその地獄から蜘蛛の糸をつたい天国によじ登ることができる。しかしわたしにそのような信仰はない。ジョン・レノンが「イマジン」で歌ったように、この世界の何処を掘っても地中に地獄は絶対にないのである。

しかし、しかし、なのである。わたしは自然界の小さき者を、たとえばわたしの目のまえを飛翔する羽虫を見つめているとなぜこの者らが生き、それを見つめているわたしも意識をもち生きているのか、そこには混沌のようにつかみどころない大きな大きな意志が、それは宇宙の存在すべてをつらぬく何がしかの意志があるように思えてしかたがないのである。もしもこの全世界がそのような意志に満ちているとしたら、無数の死という事象もやはりその意志の懐にある。わたしは自己の死によって、わたしという意識が消えることによって、その意志に合流するだけではないのか、あの「永遠の祭り」に合流するように……………。

わたしは一人いた極めて無口な従業員を解雇し、事務所を閉めた。

あなたは笑うかもしれないが、わたしは最後にこの世界に生きた「存在の詩《うた》」を書きたかったのだ。それしかなかった。このことが、わたしがもって生まれるしかなかった愚かな魂なのだ。これがわたしの人生なのだ。人間を失格した太宰も、その人間失格の物語を最後に書き残し死んだではないか……………。

丁度その頃、どうやって住所を調べたのか不明であったが郷里の中学校の同期会の知らせが届いた。かぞえで「五十二の祝い」を八月のお盆の時にやるという。三十数年会っていないかれらに会ってみたい、かれらとわかれの酒を飲み交わしたいと思い、永訣したはずの郷里に向かった。もうあまり人の乗らなくなったローカル線を下車し、そこからあまり人の乗らなくなった田舎のバスに乗って四十分ほど揺られたのち終点で降りた。実家のある岬の集落であった。わたしは海の潮の匂いのする海沿いの道を一歩一歩わたしの記憶の中にある我が家へ歩いて行った。実家は屋根と板壁が崩れ丈の高い草が生え放題であり、かつてそこに仲の良い家族の暮らしていたことさえ悲惨に思えてしまう姿であった。歳月は悉くを破滅させた。廃墟であってもわたしの脳裏には亡き家族の思い出がどうしようもなく去来した。涙がとめどなく流れていた。わたしはこの場所に兵士のように敬礼し、本当の永訣を告げた。岬の突端にある小高い丘の上の先祖の眠る墓にも行った。これも墓石は倒れ草に埋もれていた。わたしは祖母や両親にあまりに冷たかったことを謝罪した。しかしすべては終焉し土に還るということはいいことだとひとり確認するようにつぶやいていた。わたしももうすぐ土に還りますと先祖に告げ、ふたたび敬礼していた。墓のある丘の上からは昔し毎日眺めていた遮るもののない広大な海が見晴らせた。この風景は何も変わっていなかった。不変であった。潮風が吹いていていた。潮騒の高い響が風に乗り聴こえて来た。わたしが愛したあの久遠の轟きが聴こえて来た。わたしはこの海を渡り世界中の国々を旅したいと渇望していた筈なのに、わたしは一度もそんな旅をしなかった。

そこからバスで半島の付け根の方向に数キロ戻り、町の大きな公民館で開かれる同期会に出た。百三十人ほどの同期生が集まっていた。開会の初めに死んだ者への黙禱があった。わたしは忘れ河をすでに渡っているかつての仲間へ深く無言の祈りを捧げた。三十数年ぶりに会う同期生たちがいた。しばらく出席者名簿と会場にいる面々を交互に眺めていると顔と名前が一致しはじめた。放課後に部活を一緒にやった仲間や昔し可憐であった少女たちの顔が時を超え甦って来た。かれらはかれらの人生を生きて来た証が顔に刻まれている。わたしは席を立ち今生のわかれの酒を注いだ。その席に行き短いコトバを交わし酒を注いだ。わたしはもうこの一瞬であなたとも永遠のグッド・バイだと、こころの中でひとりひとりに告げた。

同期会は一次会で抜けた。先刻永訣して来たかれらの顔をマンダラの仏ようにつらねて想い浮かべ又バスに乗った。数人しかいない影のような沈黙の乗客とともに田舎道を揺られもう帰って来ることのない風景の中を通り、地方の大きな町の駅に着いた。ここから列車に乗って何処かに旅をしたいと思った。旅の中でコトバを綴りたい。わたしにやっとコトバが生まれる時刻が近づいていると感じていた。

夕照から黄昏に移り変わりまもなく夜に入ろうとしていた。空は晴れ渡っていた。ある高原の駅で下車した。何かを感じ急に列車を降りたくなったのだった。たしかこはわたしが愛した詩人が歩いた場所であった。わたしはまだ自分の足でゆっくりと歩くことができる。アルコールの残り火が躰に燃えつづけている。天上を夏の銀河がさんざめいていた。圧倒的な存在の讃歌であった。わたしは無数の星の中を歩くように神秘にうたれ独り歩いた。何処までも独り歩いた。わたしは永い永い詩を、あきれるほどに永い永い魂の詩を書きたかったのだ。わたしは街燈という人の灯りの無い夜の高原の道を歩いて行った。ここは黒い山々のシルエットに取り巻かれている。やはり世界は不可思議で美しかった。わたしは涙をぽろぽろと零していた。歩きながらあの原体剣舞連《はらたいけんまいれん》の詩を口ずさんでいた。dah-dah-dah-dah-dah-sko-dah-dah と口ずさんでいた。いつのころからかわたしには文学の傑作はすべて音楽に聴こえていた。コトバたちが精巧につらなり交響している。わたしに死が訪れるまでに生涯に明滅した心象をコトバによる音楽として記述しよう、それがわたしという魂の救いとなり、僥倖が来たればあなたに少しの感動を与えてくれるだろう。いやいやそんな執着はもう捨ててしまおう。わたしはただコトバのためにコトバを書くのだ。これから書こうとする永い永い詩の中で「わたし」というコトバを幾度も幾度もゆっくりとピアノを弾くように繰り返してみよう、そうするうちにわたしという存在は無限旋律の青い透明な響となってゆくのだろう、そしてわたしは全世界にひろがり消滅してゆくのだろう……

歩けるうちにもう一度、海辺を歩いてみたいと思った。晩夏のある日、ある浜辺を、ひとり夕陽をめざして、疲れないようにゆっくりと歩いて行った。陽がその日最後の光芒を放ち海の彼方に沈もうとしていた。近くの漁港には仕事を終えて帰る舟の賑わいがあった。カモメが群れ立ち皆腹をすかせ鳴いていた。漁師たちとその妻たちが古代から何も変わらずにつづく時間のように黄金の夕陽を浴び働いていた。満ち潮の轟きも浜辺にゆっくりとおしよせては又帰ってゆく。世界は静穏でありつつ刻々と変化していた。そこにはわたしの愛した海があった。少年の日々生活とともにあった北国の海、苛烈な肉体労働に勤しんでいた日々の大都会の芥の海、女の官能に溺れた夏の日の亜熱帯の海、それらとすべてつながり輝く海があった。その時であった。時間というものの永遠の流れを、すべてのすべてを呑み込み、燦然と輝くその流れを、全身全霊に感じたのであった。わたしの口から一つの「存在の詩《うた》」が生まれ出たのであった。

　わたしは時間であった
　すべては時間であった
　わたしの来るまえには幾億兆の夜があった
　わたしの去ったあとには幾億兆の夜があった
　わたしは耀かな夜明けであった

　死亡予定月まで、残り四か月となった。

　自宅のマンションで治療をつづけ、可能な限りの在宅医療と介護も受けた。躰は痩せ細っていった。疼痛を緩和するためモルヒネの投与をつづけた。時々痛みを感じた。『俺はまだ生きている』と思った、それがこの上なくうれしかった。わたしはこの手記を綴るためだけに生きた。

　ある夜、不思議な夢を見た。

　二十年以上もまえに亡くなったミーナとともに運河が近くを流れるドヤ街で旧盆の

日の晩に、広場でなされた大きな焚き火を見ていた。彼女は人が振り向くような美しい女に成長していた。彼女の髪は長かった。キリストに仕えその復活に立ち会った伝説のマグダラのマリアのように、悲しく清浄に見えた。

「ミーナ、君はいい女になった」とわたしは言っていた。

ミーナは大きな火をもの静かに見ていた。焚火には街なかに散乱していたゴミや廃材がドヤ街の男たちによってぶち込まれていた。野卑で汚れきった男たちは酒を飲み交わし何かを喚いていた。沈痛な面持ちで炎を見つめている廃人のような者もいた。しばらくすると蛾や羽虫が夜に燃える炎をめざし何処からか集まって来た。あの運河の汚水からかれらは生まれたのだ。かれらは最初ぐるぐると炎のまわりを飛び回っていたが、次第にその輪をせばめ最後にはつぎつぎと炎の中にみずから飛び込み、一瞬にして焼かれ、燃え上がり、死んでいった。蛾や羽虫の命は、その絶巓で死に移行し、微かな一瞬の光をこの闇夜に放ち、燃え尽きていた。かれらの命には何の意味があったのだろう、何も意味などなかったのだ。しかし、燃え尽きたかれらは美しい、と思った。不滅のコトバのように、かれらは美しい、と思った。

ミーナが言った。

「エイイチさん、これが『崇高』といわれるもの、これが『豊饒』といわれるもの、これが『永遠の命』といわれるものです」

わたしは言った。

「ミーナ　君はどこを旅しているの」

ミーナは言った。

「わたしは『永遠』を旅しているのです」

ミーナは深遠を伝えた。

X

夢から覚めた。夜は明けた。彼女と最後に暮らしたあの街に行きたいと強く思った。タクシーを呼び、ポケットにはこの手記のメモリーを入れ、あの街へ向かった。街の入り口で降りた。そこから杖をつき極めて遅い歩みで街に入って行った。彼女と暮らした頃よりもこの街は破滅に向かっているようであった。街の核心部に入った。路上にはごろごろと年老いた男らが寝ていた。数十人はいるようだった。ここは文字どおり絶望の街になっていた。彼女と暮らした宿泊所を探したがすでに取り壊され新しいビルになっていた。昼間から路上で酒を浴びる者や、ぼおーっと空を見ているしかない者、花札賭博に興ずるしかない者どもを見た。何か喚き声を上げて通りすぎる者がいた。彼は精神に異常を来たしているようであった。わたしは太陽の日射しの下に在るこの歪んだ街に眩暈を起していた。そして昏倒した。意識を失い、行き倒れになった。わたしが担ぎ込まれたのは病院ではなく、すぐ近くにあった風変わりな名前の施設であった。「悲しむ人の家」という名であった。カソリック信者の男が、行き場を失った死に逝く浮浪びとのために建てた、ホスピスであった。そこを医師が常時訪問していたために、わたしは浮浪びとらに担ぎ込まれたのである。しばらくしてわたしは意識を回復した。白い清潔な部屋にいるうちに、職員と何気ないコトバを交すうちに、ここで、孤独死でない最期を迎えたいと思った。施設に懇願し、その希いは、受け入れられた。わたしは又最貧の人々の中に入っていった。

「悲しむ人の家」で自分の死と向き合うことになった。日々肉体は衰えていった。当初は少し歩けるまで回復したがそれも束の間であった。癌が骨に転移してしまいモルヒネ注射はあまり効かなくなっていた。起き上がることもできず、激痛に苦しんだ。骨髄に直接モルヒネを注入してもらうことになった。これによって痛みは緩和されることになった。

ここの職員は皆やさしかった。行き倒れて救われた者の多くは我が儘であったが職員には死に逝く者に対する無償の愛があった。わたしは週に一度施設内で歌われる讃美歌が好きになっていった。

職員に頼み一度だけ夕暮時に車椅子で横浜の中華街や港まで連れて行ってもらった。まだ若かった頃ミーナと歩いた街があった。あの日々と同様に夕暮れの人々の流れは美しかった。そこには家族連れも、老いた夫婦も、若い恋人たちもいた。頬を涙が一筋流れ落ちた。すべてが過ぎて行ってしまった。時は、悲しく、美しかった。

教会の鐘の音を聴きたいと思った。あの美しい響を、あの不滅の音楽を、聴きたいと思った。

それから数週間たった。
もうすぐ死亡予定月であった。

もう、起き上がることはできない。癌が昼夜わたしの肉体をくらっている。わたしは骨と皮となり極限まで痩せ細ってゆく。これは地獄絵の餓鬼だと苦笑したくなる。しかしまだ指先を動かすことは僅かにできる。孫の手を使い、寝ながらパソコンのキーボードを一つ一つ押して文章を書いていく。わたしの意志が孫の手の先端からパソコンに伝わり、画面に文字が映し出される。愛するコトバが文字となり立ち現われてくる。この魂の仕事は、「悲しむ人の家」という、あまりに人間的な名の付けられた、行き止まりの家で、完結する。ホスピスの女性職員が言う。「ノロさんが一番幸せな人」と。この家ではわたしが担ぎ込まれてからもう数人が死んでいった。となりの部屋の住人も昨夜死んだようだ。職員に見送られ彼は孤独死ではない死を迎えたようだ。

もう、わたしの手記は、最後の「現在」の日々まで、来てしまった。
もうすぐ、あなたとも、おわかれの時が来る。

死ぬまえに、わたしの愛した音楽をこの世界への永訣として聴こうと思う。ホスピスの職員に頼みバッハの平均律グラヴィーア曲集のCDを買って来てもらい、あの高名な前奏曲を繰り返し聴く。『ああ、永遠と音楽が響き合っている!』わたしはあまりの美しさに涙を流している。いまにして想えば、この卑小のわたしが懐いた思想の極北にはいつもどうすることのできない虚無があった。わたしがこの世界から必然に消えてゆくように、いつの日か人類も滅亡してゆく。人間がこの世界に一人もいなくなったら、いったい誰がこのバッハの曲を聴いて涙を流すというのか、人間の営みや創造はすべて虚しい徒労ではないか、そのように思っていた。しかしいまは違うように思いはじめている。このようなすばらしい音楽を生み出した人という種はやはり幸いではないかと。こころの貧しい者が、幸いであるかのように、悲しむ者が、幸いであるかのように。

まもなく息をするのも苦しい日々が来た。痰が絡み容易に吐き出すことができない。優しく美しい看護師が痰をとってくれる。又、安息の日々がおとずれた。信じられないほどにしずかな日々だ。わたしに死を受容すべき日々がやって来ているように思う。

最近、同じ夢を繰り返し見る。わたしは海を見晴らす丘の斜面にひとり座っている。丘の上の馬鹿のように座っている。遮るもののない真珠母色の光りを受け山百合が無数に咲き競っている。その光景に音楽の響はない。ああ、なんてしずかな世界だ。山百合のかのじょらとわたしはよき仲間だ。ずーっとここに座っていたいと思う。わたしは死を受け入れることができるかもしれない。

意識が時々途切れる。しばらくすると又意識が戻る。

わたしにいつも死の観念が纏いついていたのはなぜだろうか、わたしの観念がいつも死を離さなかったのはなぜだろうか、わたしを愛しすぎていたからであろうか。

多くの人が死を忘れ、乱痴気騒ぎを繰り返しているのはなぜだろうか、それともかれらは死を忘れるために、かぎりない宴を、かぎりない享楽を、かぎりない淫猥を、繰りひろげたのであろうか。

いま、やっとわかったような気がする

老いた者や、不治の病いを得た者が死に、新しい者が、つぎつぎと生まれてくる

それがこの世界の真理であると
わたしに死があることがほんとうの、愛、ということなのだと
わたしはもうすぐ死の懐にゆだねられる
それがほんとうの幸いではないかと
わたしはしずかに死んでいいのだと

死亡予定月に入った。
わたしに最期の苦しみの日々が来ている。又息が満足につけない。酸素マスクをさせられた。苦しみがつづく。看護師の吸引によって咽喉の奥から多量の痰が取り除かれる。又楽になる。それを繰り返している。昼夜が逆転しているようだ。わたしの意識も頻繁に途切れる。わたしの生涯は燃え尽きようとしている。

極限の日々が来た。
苦しみと苦しみの合間に、奇蹟のような、一時《いっとき》の平安がおとずれる。
ホスピスの女性職員がわたしの白い部屋のベッドの脇のテーブルの上に、一輪の花

を入れた、青い透明なガラスのコップを置いていった。清浄な水の中に一輪の花はあった。わたしは寝ながらその「花」という存在を眺めていた。名前の知らない花であった。この時わたしの意識は山奥の湖水のように澄明であり、明らかであった。わたしにふと、夜明けとともにスローモーションに真理の花が開花するように、世界の認識の転換がしずかにおとずれていた。認識の夜明けが、おとずれていた。

この花は、永遠者の「愛」だと思っていた。
そうではない、
この花が「永遠者」であった、と。
この絶望の街のアスファルトの路上の割れ目から伸びた草も、
永遠者そのものであった、と。
すべての樹も、
すべての雨も、
すべての人も、
永遠者のすがたであった、と。

永遠者である草は美しかった、
永遠者である樹は美しかった、
永遠者である雨は美しかった、
永遠者である人は、皆、美しかった。

その夜、わたしの力は燃えつきた。もうキーボードをうつことはできない。なにもなすことはできない。
あとはただ、死を、祈るだけだ。

わたしという、人の旅は、これで終わる……………………

ああ、最期のときをうつ、教会の鐘がなる
わたしは、いま、死と、合歓する
ああ、雨が、しずかに、ふってきた
黒い空から、光りにつつまれ、雨がふってきた……………………・・・・

（完）

松井左千彦◎まつい・さちひこ
一九五八年、秋田県横手市出身。神奈川県横須賀市在住。
四十四歳にして無性に物語を創作したくなり日々の通勤電車の中で書き始める。昨年親しくしていた方が急逝したことにショックを受け、自分の不確かな未来を想い、書き続けていた作品を完成させた。第一創作集。

酔《よ》いどれ天使《てんし》の遺書《いしょ》

二〇一七年九月二十三日初版発行

著　者　松井左千彦
装　本　間奈美子（アトリエ空中線）
発行者　上野勇治
発　行　港の人
神奈川県鎌倉市由比が浜三―一一―四九
電話　〇四六七―六〇―一三七四
ファックス　〇四六七―六〇―一三七五
印刷製本　創栄図書印刷

ISBN978-4-89629-337-1